KB124026

로크미디어가
유혹하는
재미있는 세상
ROK
MEDIA
로크미디어

만렙닥터 리턴즈

만렙 닥터 리턴즈 7

2022년 6월 8일 초판 1쇄 인쇄
2022년 6월 13일 초판 1쇄 발행

지은이 13월생
발행인 김정수 강준규

기획 이기헌 왕소현 박경무 강민구
책임편집 주현진
마케팅지원 이원선

발행처 (주)로크미디어
출판등록 2003년 3월 24일
주소 서울시 마포구 성암로 330 DMC첨단산업센터 318호
Tel (02)3273-5135 **편집** (070)7860-2726 **Fax** (02)3273-5134
홈페이지 rokmedia.com **E-mail** rokmedia@empas.com

값 8,000원

ISBN 979-11-354-7407-1 (7권)
ISBN 979-11-354-7400-2 04810 (세트)

만렙닥터

13월생 현대 판타지 장편소설 7

Contents

나이롱 환자 (2)

"어휴, 김만식 씨! 이제 그만하시면 됐습니다. 자꾸 이러시면……."

박영선 검사가 짜증 섞인 표정으로 김만식을 노려봤다.

하악하악!

점점 거칠어지는 숨소리.

그 순간, 김만식이 얼굴에서 핏기가 가시며 바닥에 쓰러져 널브러지고 말았다.

우엑! 우엑!

김만식 노인은 쓰러지자마자 지금까지 먹은 것을 다 토해 내 버렸다.

"아파! 등이 너무 아파! 죽을 것 같아! 우웩! 우엑!"

그는 구토도 모자라 이젠 진저리를 치며 등 통증을 호소했다.

"하악하악, 주, 죽을 것 같아. 너무 아파~."

김만식 노인이 바닥을 뒹굴더니 고통에 몸서리를 쳤다.

이상하게도 목소리는 좀 전과는 다르게 쇳소리가 났다.

다시 말해 그는 쉰 목소리를 내며 괴로워했다.

그러더니 몸서리침도 잠시.

조금 전까지만 해도 소금에 절인 낙지처럼 몸을 배배 꼬며 진저리를 쳤던 김만식 노인의 몸이 축 늘어져 버렸다.

"하아, 장 수사관님, 이 사람 일으켜 세워서 수갑 채우세요. 도저히 용서가 안 되는 사람이네요. 뭐, 이런 인간이 다 있어?"

박영선 검사가 쓰러진 노인을 턱짓으로 가리키며 흘러내린 머리카락을 쓸어 올렸다.

"좀 이상한데요……. 이번엔 진짜 아닐까요?"

장 수사관이 보기에도 꾀병이라고 하기엔 상태가 너무 안 좋았나 보다.

"됐습니다! 원래 그런 사람입니다. 속지 마세요. 그러니까 수십 명을 사기 치고 돌아다녔던 거죠. 이 사람 선수예요, 선수! 바로 수갑 채워서 지검으로 이송합시다."

박영선 검사가 어이없다는 듯이 혀를 내둘렀다.

"네, 검사님!"

박영선 검사의 명령에 장 수사관이 어쩔 수 없이 노인에게 다가갔다.

"잠시만요! 제가 좀 보겠습니다."

그렇게 장 수사관이 수갑을 꺼내 채우려는 찰나, 멀리서 지켜보던 난 장 수사관을 황급히 말리며 그들에게 달려갔다.

"네? 왜 그러시는데요?"

"아뇨, 제가 좀 확인을 해 봐야 할 것 같습니다. 저리 좀 비켜 주세요."

난 황급히 노인에게 다가갔다.

"아, 네."

장 수사관이 엉겁결에 자리를 비켜 주었다.

"할아버지, 제 말이 들리시면……."

들릴 리가 없었다.

이미 축 늘어진 몸, 호흡도 거칠었으며 거의 실신 일보 직전이었다.

난 바로 코 밑에 손가락을 가져다 대 보았다.

아주 미세한 공기 흐름.

곧 있으면 호흡부전까지 올 상황이었다.

이 사람 꾀병 아니야!

직감적으로 내가 내린 결론이었다.

딸깍!

난 주머니에서 펜 라이트를 꺼내 노인의 동공반사를 확인했다.

스튜퍼(혼미 상태).

노인의 동공 상태는 의식평가단계 중 3단계였다.

즉, 강렬한 빛과 자극에만 반응하는 상태였다.

"어르신, 제 말 들리세요?"

"으으으으, 아……퍼…… 죽……겠어!"

예상대로 어눌한 말투였다.

앗, 뜨거워!

그렇게 맥박을 확인하기 위해 노인의 팔에 손을 가져다 대자, 불같이 뜨거운 열감을 느낄 수 있었다.

"이 사람 또 꾀병 부리는 것 아닙니까?"

박영선 검사가 퉁명스럽게 물었다.

"꾀병이라면 브라디카디아(서맥)가 오진 않죠."

"브라…… 그게 뭡니까?"

"서맥이요. 맥박이 정상인보다 늦게 뛴다는 겁니다. 즉, 이분에게 문제가 생겼다는 뜻이죠. 도와주세요. 일단 베드 위로 올려야 할 것 같습니다."

"아…… 꾀병이 아니란 말인가요?"

"네, 꾀병 아닙니다. 빨리요!"

이 나이대 노인 남성에게 자주 발생하는 현상이었다.

음식을 먹다가 갑자기 등 통증을 호소하며 쓰러졌다.

또한 멀쩡하던 사람이 쉰 목소리를 낸다? 게다가 지금은 의식까지 잃은 상태…….

최소한 간단한 응급조치로 해결될 상황은 아니었다.

"아, 알았어요. 수사관님, 좀 도와주세요!"

"네, 검사님!"

그러자 장 수사관이 노인을 업고 다시 응급실 안으로 들어왔다.

"상엽아! 이 환자 아무래도 아올틱 인트라뮤럴 헤마토마(대동맥벽내 혈종)인 것 같아. 흉부외과에 콜 좀 부탁해!"

내가 예측한 병명은 대동맥벽내 혈종!

상행 대동맥벽에 혈종이 생겨 성대 신경을 압박하면 쉰 목소리가 난다. 흔히 이런 경우 이비인후과를 찾게 되는데, 절대 아니다.

이분, 이대로 놔뒀다가는 탐폰(심낭압전)이 올 수도 있는 상황이었다.

"대동맥벽 혈종이라고?"

"그래. 빨리 좀! 아마 한상훈 교수님 계실 거야."

"아, 알았어. 바로 콜할게."

고함 교수님은 극동 지역 흉부외과 세미나 참석차 상해에 가 계시는 상황. 지금으로선 한상훈 교수라도 콜할 수밖에 없는 상황이었다.

"무슨 일이야?"

잠시 후, 최상엽의 콜을 받은 한상훈이 나기만과 함께 응급실로 내려왔다.

"가슴 통증을 호소하는 환자입니다. 의식평가단계 3단계로 동공 반응 스튜퍼(혼미) 상태입니다. 아무래도……."

"김윤찬 선생, 아무것도 하지 마!"

한상훈이 나를 보며 냉소적인 눈빛을 흩뿌렸다.

"네? 그게 무슨 말씀이십니까?"

"전문의 자격 땄다고 다 의사야? 비켜! 내가 볼 테니까."

한상훈이 거칠게 내 몸을 밀어붙였다.

"……."

한상훈 선생이 환자의 옷을 펼쳐 가슴에 청진기를 대 보았다.

"보호자 되십니까?"

한상훈이 진료를 하는 사이, 나기만이 박영선 검사와 함께 밖으로 나가 자초지종을 물었다.

"아뇨, 서부지검 검사입니다."

"서부지검요? 그럼 저 사람은?"

"아, 네. 피의자입니다. 심문받다 갑자기 쓰러져서 이곳에 데리고 왔습니다."

"아…… 그렇습니까? 혹시 무슨 혐의로?"

"그것까지 말씀드려야 합니까?"

아까 최상엽에게는 순순히 말해 줬었다. 상황상 급해서 다

른 생각을 할 겨를이 없었기도 했고. 그런데 나기만의 표정을 보니 이번엔 왠지 말해 주기가 싫었다.

"아, 네. 아닙니다. 알겠습니다. 치료해야 하니까 검사님은 여기서 좀 기다리고 계시죠."

"네, 알겠습니다."

나기만의 요구에 박영선 검사는 장 수사관과 함께 응급실 밖에서 대기하기로 했다.

"뭐야? 진료 중에 어딜 갔던 거야?"

박영선과 대화를 마친 나기만이 진료실로 들어오자 한상훈 교수가 신경질을 냈다.

"죄송합니다, 교수님!"

"나기만 선생, 똑바로 하자고! 내가 자네를 이렇게 기다려야 하나?"

한상훈 교수가 심기가 불편한지 한쪽 눈썹을 치켰다.

"죄송합니다. 앞으로는 절대 이런 일이 없도록 하겠습니다."

"흠흠, 심전도 걸고 에코(심장 초음파) 가지고 와 봐."

청진을 마친 한상훈이 나기만에게 손을 흔들며 서두르라는 신호를 했다.

"네, 교수님."

"한 교수님! 저 환자 초음파 확인해 봐야 아무것도 안 나

옵니다. 바로 흉부 CT 찍어 봐야……."

"나기만 선생! 뭐 해? 빨리 에코 가지고 오라고!"

내가 떠들어 봐야 귓등으로도 듣지 않는 한상훈 교수였다.

"윤찬 쌤, 너무 섭섭하게 생각하지 마. 우리 교수님 원래 저런 스타일이잖아?"

툭툭, 나기만이 한쪽 입꼬리를 말아 올리며 내 어깨를 두드렸다.

우리 교수님?

언제부터 한상훈이 나기만에게 우리 교수님이었던가?

"……아무 문제 없는데? 심장 상태 양호하고 대동맥 문제없고. 바이탈 사인(활력징후)도 나쁘지 않은데 왜 이러는 거야?"

한상훈 교수가 젤을 바른 스틱을 들고 노인의 가슴을 문지르며 고개를 갸웃거렸다.

"EKG(심전도)는 좀 어때?"

한상훈이 고개를 들어 나기만을 쳐다봤다.

"네, 교수님 말씀대로 이상 징후는 별로 보이지 않는데요? 브라디카디아(서맥)가 좀 잡히는 것 말고는요."

"브라디카디아가 보인다고? 음, 그렇다면 아트로핀 1앰풀에, 아이소프로테레놀 하나 더 투여해 줘."

"네, 그렇게 하겠습니다. 그나저나 교수님."

"왜?"

"혹시 투버클로시스 페리칼다이디스(결핵성 심낭염)는 아닐까요?"

"결핵성 심낭염이라고?"

"네, 교수님이 계신데 감히 말씀드리기 민망하지만, 어쩌면 결핵성 심낭염일 수도 있을 것 같아서요. 전에 있던 병원에서 지도 교수님이 이와 비슷한 환자를 치료한 적이 있었던 것 같아서요."

"박수교 교수?"

"네, 그렇습니다."

"결핵성 심낭염이라……. 근거는?"

한상훈 교수가 나기만을 향해 눈을 치켜떴다.

"여기요. 여길 보세요. 환자 다리 좀."

나기만이 턱짓으로 환자의 다리를 가리켰다.

"그렇군! 부종이 심하네?"

한상훈 교수가 바짓단을 돌돌 말아 올리고는 노인의 다리를 살폈다.

"심낭 삼출액이 생기면 이런 현상이 일어난다고 배웠습니다. 전에 환자 증세도 이와 동일했고요."

"지도 교수가 박수교 교수라고 했지?"

"네, 그렇습니다."

"음, 일리 있는 말이야. 전혀 가능성을 배제하긴 힘들지. 좋아, 일단 혈액검사를 좀 해 보자고. 자네 말대로 결핵성 심낭염이면 심낭 삼출액 빼내고 약 처방하면 괜찮아질 거야."

"네, 교수님."

"나기만 선생님! 저 환자 겉보기엔 TP(결핵성 심낭염) 같아 보이지만 그거 아닙니다."

"그래, 알았어."

나기만이 한쪽 입꼬리를 말아 올리며 내 말을 무시했다.

"바로 가슴 CT 찍어 보면 명확해집니다."

"응, 그렇게 할게."

그러면서도 나기만의 발길이 향하는 곳은 방사선실이 아닌, 혈액검사실이었다.

"저쪽으로 가야죠!"

난 손가락으로 방사선실을 가리켰다.

"응, 일단 혈액검사부터 하고 이상이 없으면 CT를 찍어 보든지 할게."

"……나기만 선생님! 제가 말씀드렸잖습니까? 저 환자, 대동맥벽 혈종이 의심됩니다. 자칫 이대로 지체했다가는 탐폰(심낭압전)이나 아올틱 스테노인서피션시(급성 대동맥 판막 폐쇄 부전증)가 올 수도 있습니다."

"후후후, 그러면 급사하겠군요."

"당연하죠."

"너무 걱정 마세요. 아닐 겁니다."

"그러니까 CT를 찍어 보자는 것 아닙니까?"

"나기만 선생! 뭐 해? 혈액검사 안 할 거야? 지금 노닥거리고 있을 때야?"

나와 나기만이 실랑이를 벌이자 한상훈이 목소리 톤을 높였다.

"아이쿠, 거봐요. 혈액검사 결과까지 그리 오래 걸리지 않으니까, 갔다 와서 CT 찍으러 갈게요. 네?"

말투는 상냥했으나 나기만의 눈빛은 매서웠다.

더 이상 자기를 가로막으면 가만두지 않겠다는 듯이.

명색이 교수인 한상훈이 진료를 하고 있는 이상, 지금 내가 할 수 있는 일은 없었다.

"혈액검사 결과 나오면 바로 CT실로 가는 겁니다."

"그럼, 당연하지! 그렇게 할게, 그럼 자리 좀 비켜 줄래요?"

반말과 존대를 섞어 쓰는 버릇이 하나부터 열까지 딱 한상훈이었다.

"네, 알겠습니다."

잠시 후, 노인의 혈액 샘플 결과가 나왔다.

"아이고야, 폴리가 83%에 백혈구 수치가 13,800이네?"

결과지를 살펴보던 한상훈 교수가 미간을 찌푸렸다.

"네."

"백혈구 수치가 이 정도면 결핵성 심낭염을 의심해 볼 만한데?"

"네, 저도 그렇게 생각합니다."

"오호! 이렇게 되면 나기만 선생이 한 건 한 건가?"

"아, 아닙니다. 그냥 서당 개 삼 년에 풍월을 읊었을 뿐입니다."

"겸손하긴! 아무튼, 자네 무척 맘에 드는데? 나랑 궁합도 잘 맞고 말이야."

"영광입니다, 교수님!"

"좋아, 대충 진단 나왔으니까, 약 처방만 하면 되겠네? 일단 이 환자 입원시키고, 프로케인아마이드나 페니토인 쓰면서 경과를 살펴보자고."

"교수님…… 제가 잠시 드릴 말씀이 있습니다."

한상훈 교수가 진단을 마치자, 나기만이 그에게 다가가 귀엣말을 전했다.

"뭔가? 저 사람이 지금 검찰 조사를 받고 있다고?"

나기만이 노인의 정체에 대해서 설명한 모양이었다.

"그렇습니다."

"……그렇단 말이지?"

한상훈이 자신의 턱을 매만졌다.

"네, 그렇습니다."

"음, 그러면 이 환자 내보내야겠군? 괜히 우리가 덤터기를

쓸 이유가 없지 않나?"

"그래도, 교수님이 진단을 하셨으니……."

딸깍, 그 순간 나기만이 주머니 속 만년필의 버튼을 눌렀다.

"괜찮아! 어차피 심낭염 정도면 저쪽에서도 치료가 가능할 거야. 하지만 만에 하나 우리 병원에 입원시켰다가 문제라도 발생한다면, 괜히 우리만 골치 아파진다는 거지."

"정말 괜찮으시겠습니까? 혹시 심낭염이 아닐 수도 있지 않습니까?"

"……자네, 내 진단을 의심하는 건가? 당신도 심낭염이 의심스럽다고 하지 않았는가?"

"아뇨, 아뇨! 절대로 교수님의 진단을 무시해서가 아닙니다. 다만, 저런 하찮은 인간쓰레기 때문에 교수님의 명성에 누가 갈까 걱정될 뿐입니다. 그리고 만에 하나를 대비하시는 것이 어떨까 싶어서 노파심에 말씀드리는 겁니다."

"됐어. 자네 말대로 사람 같지도 않은 영감탱이야. 괜히 저런 인간 손댔다가는 내 손만 더러워지지. 자네가 알아서 처리토록 해."

"정말, 괜찮을까요?"

"하아, 자넨 다 좋은데…… 이런 게 문제야."

"네?"

"앞으로 내 앞에서 뭔가 내 말에 토를 다는 일은 삼가는 게 좋아! 내가 물어보지 않는 일에 끼어드는 것도 난 별로야. 내가 묻는 말에만 대답하고, 내가 지시하는 사항에 그저 따르기만 하면 돼."

"네네."

나기만이 연신 허리를 굽혀 저자세를 취했다.

"내가 그 시골 촌구석에서 자넬 왜 데리고 왔는지 잊지 말도록!"

"네, 교수님. 명심하겠습니다."

"그래, 바로 지금처럼만 적당히, 아주 적당히 짖어 주는 게 좋아. 알았나?"

"네, 교수님!"

"좋아, 적당히 마무리 짓도록 해."

"네, 그렇게 하겠습니다. 수고하셨습니다, 교수님!"

역시나 나기만이 90도 각도로 몸을 접어 한상훈에게 인사했다.

"검찰 쪽도 자네가 알아서 해결할 수 있는 거지?"

"네, 그렇게 하겠습니다. 우리 쪽 소견서 써서 해당 국립병원 쪽으로 트랜스퍼하면 될 것 같습니다."

"그래그래. 제법 말귀를 잘 알아먹네?"

툭툭툭, 한상훈 교수가 나기만의 어깨를 가볍게 두드려 주었다.

지랄하고 있네!

병원에 들어온 이상, 범죄자도 환자다. 그런데 의사가 환자를 내보내겠다고?

결국, 한상훈을 잡으려면 천적의 도움을 받아야 하는 건가?

한상훈이 뱀이라면 고함 교수는 코끼리고 이기석 교수는 고슴도치였다.

고함 교수가 코끼리처럼 거대한 발로 상대를 눌러 죽인다면, 이기석 교수는 고슴도치처럼 상대가 자신을 건드리지도 못하게 만든다.

뾰족뾰족한 가시로 말이다.

암튼, 지금은 뱀을 잡으려면 코끼리보단 고슴도치가 더 효과적일 것 같았다. 게다가 고함 교수님이 자리를 비우시기도 했고.

띠띠띠띠.

난 곧바로 이기석 교수에게 전화를 걸었다.

"교수님, 접니다."

-어, 김윤찬 선생. 무슨 일입니까?

자고 있었는지, 이기석 교수의 목소리가 잠겨 있었다.

"쉬시는데 죄송하지만, 급히 병원으로 와 주셔야 할 것 같습니다.”

–무슨 급한 일이라도?

“네, 그렇습니다. 오시면서 통화하시죠.”

–흐음, 알았어요. 바로 가도록 하죠.

잠시 후, 집에서 휴식 중이던 이기석 교수가 부리나케 응급실로 찾아왔다.

이기석 교수는 병원 근처 오피스텔에서 거주하고 있었기에 그리 오래 걸리지는 않았다.

“거기 펠로우 선생, 멈춰요!”

이기석 교수가 환자를 처치하고 있던 나기만을 멈춰 세웠다.

“네?”

“내가 멈추라고 하는 소리 못 들었습니까?”

“아, 네, 교수님!”

연희병원에서 이기석 교수를 모를 사람이 있겠는가?

나기만 정도의 치밀함이면 이미 이기석 교수의 프로필 정도는 줄줄 꿰고 있으리라.

의사 가운을 걸치지 않은 이기석 교수지만 나기만은 이미 알고 있는 눈치였다.

“이 환자, 내가 좀 봐야 할 것 같은데요. 좀 비켜 주시겠습니까?”

"아, 네. 그런데 교수님! 이 환자는 한상훈 교수님 담당이신데……."

"그래서 뭐요?"

이기석 교수가 날카롭게 나기만을 응시했다.

"아, 그게 아니라 한상훈 교수님이 이미 진단을 마친 상황이라……."

"……심낭염 말입니까?"

"아, 그걸 어떻게 아셨습니까?"

"당신이 여기다 결핵성 심낭염이라고 써 놨지 않습니까?"

이미 이기석 교수가 진단 내역을 확인한 모양이었다.

"네, 맞습니다."

"웃기는군. 내 생각엔 아닌 것 같은데? 만약에 심낭염 아니면 당신이 책임지실 겁니까??"

"그, 그게 아니라, 이미 한상훈 교수님이 진단하셨고, 게다가 저 사람은……."

"네, 알고 있어요. 검찰에서 조사받다 쓰러져 병원에 온 거라면서요?"

"네, 그렇습니다."

"그래서 뭐요? 검찰 조사받는 사람이면 환자가 아닙니까?"

"그게 아니라, 이미 심낭염으로 진단이……."

"성함이……."

이기석 교수가 나기만의 명찰을 살펴봤다.

"네, 펠로우 1년 차, 나기만이라고 합니다."

"그렇군요. 나기만 선생! 내가 다시 살펴보겠다고 했죠? 내가 당신한테 구구절절 다 설명해야 됩니까?"

"죄송합니다."

"김윤찬 선생! 당장 이 환자 흉부 CT 찍어요."

"교수님! 이건 좀……. 한상훈 교수님의 허락이 필요한 상황인데."

"그러면 당장 내려오라고 해! 빌어먹을 허락은 내가 받을 테니까!"

이기석 교수가 추상같은 목소리로 호통을 쳤다.

"네, 알겠습니다, 교수님!"

이기석 교수의 호통에 나기만이 서둘러 한상훈 교수실로 발길을 옮겼다.

"김윤찬 선생, 빨리 CT 찍어 보세요."

"네, 교수님."

잠시 후.

노인의 CT 촬영 결과가 나왔다.

"김윤찬 선생, 화면 띄워 보세요."

"네, 교수님."

"……음, 이걸 심낭염으로 진단을 했단 말입니까?"

마우스를 들고 화면 이곳저곳을 살펴보던 이기석 교수가 미간을 찌푸렸다.

"……."

"저기 봐. 대동맥벽 안쪽에 혈액이……."

"지, 지금 뭐 하는 거야?"

그렇게 이기석 교수가 CT 결과를 살펴보는 사이, 한상훈 교수가 씩씩거리며 응급실로 내려왔다.

"CT 보고 있습니다."

"누가 몰라? 그러니까, 이 교수가 왜 내 환자한테 신경을 쓰는 거냐고?"

이기석 교수의 등장만으로도 한상훈 교수 입장에선 여간 부담스러운 일이 아니었다.

"교수님이 환자를 버리셨으니, 저라도 챙겨야 병원 체면이 서지 않겠습니까?"

이미 게임은 끝났다. 한상훈 교수는 흥분했고, 이기석 교수는 여유로웠다.

"환자를 버려?"

"그렇습니다. 아올틱 인트라뮤럴 해마토마(대동맥벽내 혈종)을 심낭염으로 진단했으면 버린 거나 마찬가지죠."

"뭐, 뭐라고? 대동맥벽내 혈종?"

"보시면 알 것 아닙니까? 저기!"

대동맥벽 주변에 초승달 모양으로 두꺼워진 고음영 병변

이 너무나도 뚜렷했다.

"……."

너무나 뚜렷한 고음영 병변이었기에 흉부외과 의사라면 이를 모를 리 없었다.

한상훈 교수는 유심히 CT 결과를 살펴볼 뿐, 아무런 대응도 하지 않았다.

"다행이 내막이 파열되진 않았군요. 하지만 대동맥 안쪽 벽이 국소적으로 파여서 궤양까지 보이는군요? PAU(대동맥 관통 궤양)가 맞는 것 같은데, 어떻게 생각하십니까? 게다가 이 정도로 궤양이 심하면 위도 멀쩡하지 않았을 텐데요?"

"……궤양이 생각보다 심하군."

"그렇습니다. 보통 제대로 된 진단을 받지 않았으면, 단순 위통 정도로 생각하고 위장약을 복용했을 확률이 높습니다. 굉장히 아팠을 텐데요?"

CT를 살펴보던 한상훈 교수가 빛과 같은 속도로 나기만을 노려봤다.

"이게 심낭염입니까?"

"……흠흠, 나기만 선생! 이게 어떻게 된 거지? 너무 섣부른 판단 아닌가?"

한상훈 교수가 이 모든 일을 대신 책임질 사람을 찾아, 화살의 방향을 나기만에게 돌렸다.

"네?"

"아니…… 좀 더 면밀한 검사가 필요하다고 하지 않았나? 그런데 자네가 너무 자신감을 내보이기에 믿었던 거 아닌가?"

"아니, 그게……."

한상훈의 급 변한 태도에 나기만이 당혹감을 감추지 못했다.

"여긴 당신이 있던 병원과는 달라. 난 한가하게 이 환자 하나만 볼 수 있는 상황이 아니지 않나."

"교, 교수님, 죄송합니다!"

나기만이 식은땀을 흘리며 어쩔 줄 몰라 했다.

"이 사람아, 여긴 연희병원이야! 이 정도 소견은 볼 줄 알아야지? 내가 너무 자넬 과대평가했군. 내 잘못이야, 내 잘못! 환자가 위통을 호소했단 말을 왜 나한테 안 해? 그것만 알았어도 내가 이런 진단은 안 하지!!"

쯧쯧쯧, 180도 태도를 바꾼 한상훈 교수가 혀를 찼다.

"한 교수님, 어떻게 하시겠습니까? 지금 바로 수술하지 않으면 안 될 것 같은데요?"

이기석 교수가 한심하다는 듯이 냉소적으로 말했다.

"어?"

한상훈은 뭔가 잠시 생각에 빠진 듯 이기석의 말을 듣지 못한 눈치였다.

"제가 집도해도 괜찮습니다만."

"어? 무슨 소리야? 내 환자인데 내가 해야지. 암, 내가 함세."

"정말, 괜찮으시겠습니까? 내막은 찢어지지 않았지만, 언제 어떻게 될지 몰라요."

"당연하지. 저기 대동맥궁에서 상행 대동맥 쪽으로 살짝 침범하긴 했지만, 심각한 건 아닌 것 같아. 내가 충분히 해 볼 수 있으니까, 너무 걱정 말아. 나기만 선생! 뭐 해? 당장 수술방 어렌지하지 않고?"

"네에, 교수님! 바로 수술방 잡겠습니다."

"서둘러! 난 이기석 교수랑 얘기 좀 나누고 수술방으로 들어갈 테니까."

"네."

한상훈의 명령이 떨어지자 나기만이 노인을 스트레처 카에 싣고 서둘러 응급실을 빠져나갔다.

"필요하시면 제가 같이 들어가……."

"아이고, 됐습니다, 이 교수님! 괜히 쉬시는데 그럴 필요 없잖습니까?"

"아무리 그래도, 이걸 심낭염으로 진단하는 건……."

"미안미안! 그건 내가 사과함세. 난, 나기만 저 사람을 너무 믿었어. 아무리 시골 촌구석 병원이라 해도, 나름 성적도 좋고 해서 믿었는데, 내 불찰이야."

"……."

"하여간, 지방대 출신들은 좀 더 철저하게 검증을 해야 하는데 말이야. 아무튼, 수술은 내가 잘 마무리할 테니까, 이번 일은 자네가 적당히 좀 넘어가 줘."

"그래도 이건 엄밀히 따지자면 상벌위원회에 회부될 문제입니다."

"어휴, 부탁 좀 함세! 집에서 기르던 개 새끼도 실수 한번 했다고 잡아 죽이진 않잖아? 응? 괜히 밖에 알려지면 병원 망신만 시키는 꼴 아닌가?"

자신을 개에 비유하면서까지 살기 위해선 한없이 비굴해질 수도 있는 한상훈이었다.

그는 명예를 무엇보다 중히 여기는 이기석 교수의 특징을 너무나 잘 알고 있었다.

"……."

"그러면 난 그렇게 하는 걸로 알고, 이만 감세? 부탁해. 나 맘 편히 환자 수술하고 싶으니까. 제발!"

"네, 일단 수술에 전념하십시오."

"그래그래. 그렇게 알고 갈게. 수고해! 오늘 고마웠고!"

한상훈 교수가 손을 흔들며 서둘러 수술방으로 향했다.

"교수님, 어떻게 하실 겁니까?"

한상훈이 응급실을 빠져나간 후, 이기석에게 물었다.

"글쎄요. 한상훈 교수 개인을 보자면 당연히 공론화시켜야 할 일인 것만큼은 틀림없는데, 병원 입장을 고려한다면 선부른 결정을 내리기가 난감하군요."

역시, 한상훈 교수의 예상대로 이기석 교수는 병원의 명예를 걱정하고 있었다.

"교수님…… 한상훈 교수 개인의 문제라면 걱정 안 하셔도 될 것 같군요."

"네? 그게 무슨 말입니까?"

"이것 좀 보십시오."

난 이기석에게 위장약을 내보였다.

"이게 뭔가요?"

"저 환자가 먹던 약입니다."

난 위장약을 이기석 교수에게 내보였다.

"위궤양 약이네요?"

"그렇습니다."

"근데 이 약이랑 한상훈 교수 신상 문제와 무슨 연관이 있다는 겁니까?"

"있죠. 나기만 선생이 이걸 쓰레기통에 버렸으니까요."

"네?? 이걸 버려요? 왜죠?"

"……다른 건 모르겠고, 최소한 한 가지는 확실한 것 같습니다."

"그게 뭡니까?"

"나기만 선생은 이 환자가 심낭염이 아니란 걸 알았다는 사실요."

"……음, 그런 일이 있었습니까? 그러면 왜 나기만 선생이 한상훈 교수에게 제대로 보고를 하지 않았던 겁니까?"

"나기만 선생이 한상훈 교수의 편이 아니라는 방증이죠. 그래서 하나는 확실하다고 말씀드린 겁니다."

어쩌면 난 한상훈보다 훨씬 더 어려운 상대를 만난 것일지도 몰랐다.

옆집 소년

그날 밤.

다행히도(?) 한상훈의 수술은 잘 마무리되었다.

틱, 수술방 어시스트를 마치고 퇴근한 나기만이 만년필을 꺼내 컴퓨터 USB 포트에 꽂았다.

그러자 곧이어 익숙한 목소리가 흘러나왔다.

―괜찮아! 어차피 심낭염 정도면 저쪽에서도 치료가 가능할 거야. 하지만 만에 하나 우리 병원에 입원시켰다가 문제라도 발생한다면, 괜히 우리만 골치 아파진다는 거지.

'적당히 짖어? 그래그래. 적당히, 아주 적당히만 짖어 주마. 요즘은 기르던 개가 더 상전이라지 아마?'

"여보! 뭐 해? 저녁 다 차렸어."

"어, 그래. 금방 나갈게. 반찬 뭐야? 오늘은 좀 잘근잘근 씹어 먹을 수 있는 거면 좋겠는데?"

나기만이 정성스럽게 녹음된 내용을 파일로 저장했다.

"오징어볶음 했어!"

"굿이네!"

나기만이 입맛을 다시며 한쪽 입꼬리를 말아 올렸다.

한상훈 교수 연구실.

"역시 교수님의 실력은 명불허전입니다. 지금 환자 일반 병실로 옮겼습니다."

나기만이 한상훈 교수에게 진행 사항을 보고하며 엄지를 추켜세웠다.

"별거 아니야. 그나저나 이 교수 앞에서 너무 몰아세워서 미안해. 상황상 어쩔 수 없었어."

"아뇨, 아뇨. 상관없습니다. 오히려 제가 눈치 없이 굴어서 송구스럽습니다."

나기만이 더욱더 낮은 자세로 몸을 낮췄다.

"에이, 그렇게 말하면 내가 무안하잖나. 아무튼, 자네도 고생 많았어. 제법 눈이 좋더군."

한상훈이 입가에 만족스러운 미소를 띠었다.

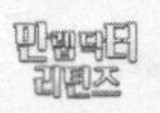

"감사합니다. 앞으로도 많은 지도 편달 부탁드립니다."

"당연하지. 내가 선택해 데리고 온 사람 아닌가?"

"네, 교수님."

"그나저나 검찰 쪽은 아무 문제 없는 거지?"

"그럼요. 일단 며칠간 경과 지켜보고 특별한 문제 없으면 퇴원시키겠답니다."

"그래, 이런 일일수록 깔끔하게 마무리 지어 놓는 게 좋아. 내가 수술은 했다만, 그런 쓰레기 같은 인간은 더 이상 손대기도 싫거든. 되도록 빨리 수거해 가라고 해."

한상훈 교수가 불쾌한 듯 인상을 찌푸렸다.

"네, 교수님."

"앞으로 잘해 보자고? 자!"

척, 한상훈이 손을 내밀자, 나기만이 양손으로 움켜쥐었다.

"좋아! 이제 회진 돌 시간인가?"

한상훈 교수가 자신의 손목시계를 내려다봤다.

"그렇습니다. 차트 준비해 뒀습니다."

"이건 뭐야?"

한상훈이 각 차트마다 정성스레 붙어 있는 포스트 잇을 가리켰다.

"네네, 별건 아니고, 환자들 인적 사항을 정리해 뒀습니다. 환자들은 자기들에게 관심 가져 주면 좋아라 하지 않습니까."

"하하하, 뭐 이런 것까지 준비를 한 거야?"

한상훈 교수가 만족스러운 듯 너털거렸다.

"아, 네. 차트 정리하면서 겸사겸사 해 뒀습니다. 마음에 드십니까?"

"그래그래. 내가 솔직히 환자 이름을 깜박깜박할 때가 있거든. 이렇게 정리해 두면 도움이 되겠군. 아무튼, 고마워!"

"별말씀을요. 교수님이 베풀어 주신 은혜에 비하면 아무것도 아닙니다."

"사람하곤! 그래, 이제 그만 가지."

"네, 교수님."

한상훈의 발이 떨어지기가 무섭게 나기만이 득달같이 달려가 문을 열었다.

"흠흠, 오늘도 보람찬 하루로 만들어 보자고."

한상훈 교수가 양손을 뒤로 모은 채, 거만한 자세로 문을 나섰다.

흉부외과 의국.

"이택진, 내일모레 가는 거냐?"

4주간의 훈련을 마치고, 2박 3일의 휴가를 받아 잠시 병원에 들른 이택진은 경상남도 최남단 섬마을의 보건소로 배치되었다.

"그래, 다음 주부터 난 섬돌이가 될 팔자다. 여기도 오늘이 마지막이구나!"

공보의 파견이 결정된 이택진이 시무룩한 표정으로 자리에 앉아 있었다.

"마지막은 무슨? 3년 후엔 다시 돌아올 거잖아. 나도 내년에는 갈 거고."

"그래도 가기 싫은 건 어쩔 수가 읍따. 하필 마파도가 뭐냐? 마파도가? 거기 노인들이랑 어린애들뿐이라더라."

"후후후, 그래도 네가 명색이 보건소장이잖아? 소장 아무나 하냐?"

"그렇게 좋으면 너나 해라."

"그렇지 않아도 오지로 지원할까 한다."

"하여간, 유별나요, 유별나! 아무튼, 나 없는 동안 여기 잘 지키고, 제발 탄광 같은 데 기어들어 가는 짓은 그만해라. 하여간 너만 보면 위태위태해. 내가 걱정이 돼서 발길이 떨어지지가 않는다, 진짜."

"걱정 말고 잘 다녀와. 나도 짬 나면 한번 들를게."

"야, 너는 오지 마. 괜히 너만 오면 사고 터지니깐."

"그래. 그나저나 고함 교수님 뵙고 갈 거지?"

"그래야지. 아무튼, 너도 내년에 파견 나갈 거니까, 우리 다시 만나려면 5년은 걸리겠네?"

"그렇게 되나?"

"그래, 인마."

그렇게 내 절친인 이택진과는 5년이라는 짧지 않은 기간 동안 떨어져 각자 새로운 환경에 적응해야 했다.

아! 그리고 이렇게 떠나는 이택진이 내게 당부한 말이 하나 더 있었다.

"윤찬아, 나기만이란 사람 조심해라."

"왜? 무슨 이유라도 있어?"

"아니, 특별한 이유는 없는데, 왠지 그 사람이 맘에 걸려. 아무튼 조심해."

"뭐, 사람 좋아 보이던데? 예의도 바르고."

"글쎄다. 내가 보기엔 좀 쎄해. 아무튼, 조심해."

"그래, 알았다."

이택진의 본능적인 감각은 타의 추종을 불허한다. 택진이의 말이 맞을 수도 있을 것이다.

난 어쩌면 한상훈보다 나기만이란 사람을 더 신경 써야 할지도 모른다.

며칠 후, 꿀맛 같은 휴식일. 난 오래간만에 늦게까지 꿀잠을 자고 일어났다.

재수네 슈퍼.

우리 집에서 엎어지면 코 닿을 거리에 있는 동네 슈퍼. 가게가 딸린 재수네 집이었다.

아들 재수의 이름을 따서 만든 조그마한 구멍가게로, 재수 아버지는 일찍 돌아가시고 아주머니와 재수 단둘이 살고 있었다.

타향살이를 하는 우리 집과 처지가 비슷해 엄마와 재수 어머니는 친자매처럼 지냈다.

"이모, 저 왔어요."

"그래, 윤찬이 왔구나. 오늘 휴일이냐?"

아주머니가 파리채로 날파리를 쫓으며 나를 반겨 주었다.

"네, 간만에 휴일이네요."

"아이고, 우리 조카, 고생이 많네. 넌 우리 동네 보배 중에 보배야."

"보배는 무슨요."

"보배가 아니면 뭐야? 우리 동네에 너처럼 큰 병원에서 의사 하는 사람이 어딨간? 언니가 너만 보면 얼마나 든든하겠니."

"재수도 공부 잘하잖아요. 얼굴도 잘생겼고."

"얼굴만 뺀질거리게 잘생기면 뭐 해? 그놈은 글러 먹었어. 요즘은 왜 이렇게 성적이 떨어지나 몰라? 사춘기라 그런지 도통 나랑은 말도 안 하고 미쳐 버리겠어."

"성적이 많이 떨어졌어요?"

"그래. 그래도 중학교 때는 반에서 1등만 하던 놈이 고등학교에 가더니 성적이 뚝뚝 떨어지잖아. 과외라도 붙여 주면 좋으려만, 그건 또 형편이 안 되고."

휴우, 재수 아주머니가 땅이 꺼져라 한숨을 내쉬었다.

"너무 걱정 마세요. 제가 시간 나는 대로 틈틈이 봐줄게요."

"정말? 그래 줄 수 있는감?"

"네에. 자주는 못 봐줘도 시간 나는 대로 봐줄게요."

"그래그래. 그래도 그놈이 윤찬이 네 말은 잘 듣잖아. 네가 우리 재수 공부 좀 봐주면 내가 많이는 못 줘도 학원비 정도는……."

"됐어요. 해마다 김장 김치도 주시고 이것저것 신경 써 주시는데 무슨 과외비예요. 재수가 워낙 똑똑한 녀석이니 금방 따라잡을 겁니다."

"어휴, 그래 줬으면 얼마나 좋아. 아이고, 내 정신 좀 봐. 그나저나 뭐 사러 왔는감?"

"우유요. 1,000밀리짜리 하나 주세요."

"알았어. 여기 있어."

드르륵, 아주머니가 냉장고 문을 열고 우유를 꺼내 주었다.

"얼마죠?"

"그냥 가져가. 우리 사이에 우유 하나 가지고 무슨."

"아니, 그래도."

"됐고! 그나저나 윤찬아, 내가 뭐 하나 물어볼 게 있어."

"네, 말씀하세요."

"요즘 자꾸 담배가 비는데, 이거 어떡하지? 아무래도 이 근방에 담배 좀도둑이 있는 것 같아."

"담배를요?"

"그래, 담배 재고가 비더라고. 잠깐 마실 나간 사이에 좀도둑이 드나?"

"저기, CCTV 있잖아요? 확인해 보시면 될 텐데."

난 구석에 박혀 있는 카메라를 가리켰다.

"사실은 말이야. 저거 가짜거든. 이런 구멍가게에 뭐 도둑이 들까 싶어서 재수 시켜서 장난감 하나 사다가 걸어 놓은 거야. 겉으로 보기엔 멀쩡해 보이잖아."

누가 들을까, 아주머니가 목소리를 낮췄다.

"아, 그래요?."

"그래, 3만 원 주고 산 거야. 그나저나, 처음엔 그냥 한두 번 그러다 말겠지 싶어서 놔뒀는데, 이젠 아주 상습적이더라고. 이걸 어떡하지?"

"일단 제대로 된 CCTV부터 설치를 하시는 게 좋을 것 같네요."

"비싸지 않남?"

"아뇨, 저렴한 것도 많아요. 제가 한번 알아봐 드릴게요."

"그려? 그럼 나야 고맙지. 아무래도 싸구려라도 하나 설치를 해야 되겠어. 세상 법 없어도 살 이 동네에서 이게 무슨 일이래?"

"그러게 말이에요. 이 동네 사람들 다들 착하고 순한데."

"그러게 말이야. 하여간 어떤 놈인지 잡히기만 해 봐라. 요절을 내 버릴 테니까."

그렇게 시간이 흘러 몇 시간 후. 배가 출출해 라면이나 먹을 요량으로 다시 재수네 슈퍼에 갔다.

-언니! 큰일 났어!

"무슨 일인데? 어디 쌈 났어?"

-아니, 그런 게 아니고, 정숙이 언니가 잠수를 탔어! 이 일을 어째?

"뭐, 뭐라고? 그게 무슨 자다가 봉창 두드리는 소리야! 계주가 잠수를 타다니?"

-그러니까 말이야. 지금 계원들 다 모였으니까, 언니도 빨리 나와.

"아, 알았어. 지금 당장 갈……."

나와 눈이 마주친 아줌마, 난감한 표정을 지었다.

-언니, 왜 그래? 지금 빨리 오라고. 정숙 언니 잡으러 가

야 할 것 아냐?

"아니, 그게 아니라, 지금 가게 볼 사람이 없는데, 어쩌지?"

–지금 가게가 문제야? 이년을 빨리 잡아야 우리 돈을 건질 것 아냐?

"어휴, 당연하지. 잠시만! 잠깐만 전화 끊지 말고 기다려."

–알았어, 언니! 빨리!

"윤찬아! 너 혹시 바쁘니?"

아주머니가 한 손으로 수화기를 가리며 말했다.

"네? 아, 아뇨. 급한 일은 없어요."

"그럼 잘됐네. 잠깐만 가게 좀 봐 줘. 이모가 지금 급한 일이 생겨서 말이야."

"아, 네. 그럴게요. 다녀오세요."

"고맙다. 배고프면 그냥 아무거나 꺼내서 먹어. 응?"

"아, 네. 그건 제가 알아서 할게요. 다녀오세요."

"고맙다. ……야! 지금 당장 갈 테니까 기다려."

–알았어, 언니! 빨랑 와.

뚝, 아주머니가 그렇게 전화를 끊더니 서둘러 가게 문을 나섰다.

"윤찬아! 부탁한다!"

"네, 다녀오세요."

"엄마, 나 왔어."

그 순간, 재수가 학교에서 수업을 마치고 돌아왔다.

"어, 들어가서 밥 먹어. 차려 놨으니까."

"어디 가는데?"

재수가 퉁명스럽게 물었다.

"엄마 바빠! 나중에 얘기해."

"아니, 그게 아니고 참고서 사야 해서 3만 원 필요하다고! 그건 주고 가야 할 것 아니야?"

"너, 며칠 전에도 참고서 산다고 5만 원 가져갔잖아?"

"하아, 그건 수학 참고서고 오늘은 영어랑 국어 참고서라고!"

재수가 짜증 섞인 말투로 투덜거렸다.

"너, 요즘 수상해?"

"수상하긴 뭐가 수상해! 빨리 돈이나 줘."

"아, 알았어. 아무튼, 밥 먹고 새지 말고 바로 학원으로 가!"

"알았어. 빨랑 돈이나 줘."

"거기 돈 통에서 빼 가. 아, 아! 그나저나 너, 날도 더운데 왜 교복 마이는 입고 다니는 거야? 안 더워? 다들 반팔 셔츠 입고 다니던데?"

"괜찮아. 난 이게 좋아."

"아닌데, 너 원래 더위 많이 타잖아? 벗어 놔, 세탁소에 맡기게."

"됐어. 내가 알아서 할게. 바쁘다면서 무슨 말이 그렇게 많아?"

"알았어. 엄마 바쁘니까 나중에 얘기해."

"알았어."

재수 녀석이 퉁명스럽게 답했다.

"재수 왔냐?"

"어, 윤찬 형! 오늘 쉬는 날이야?"

재수가 돈 통에서 돈을 꺼내며 나를 힐끗거렸다.

"그래, 공부는 잘하고 있는 거지?"

"뭐, 대충."

"대충이라니. 너, 꿈이 배우라고 했던가? 연영과도 성적이 얼마나 중요한데."

"뭐, 그거야 옛날얘기고."

"그럼?"

"몰라, 지금은 대충 되는 대로 성적 맞으면 가든가, 아니면 마는 거지."

예전에 쾌활하고 명랑했던 재수가 분명 아니었다.

"그런 말이 어딨어?"

"몰라, 몰라. 다 귀찮아."

녀석이 세차게 고개를 흔들며 문을 열고 방 안으로 들어갔다.

잠시 후.

"재수야, 나랑 얘기……."

드르륵, 아주머니랑 한 얘기도 있고 녀석의 태도가 예전 같지 않아 확인차 재수의 방으로 들어갔다.

"악! 누, 누가 함부로 들어오래!"

재수가 교복을 갈아입다 화들짝 놀라 옷으로 몸을 가렸다.

저거, 멍 자국 아냐?

재수의 온몸에 시퍼런 멍 자국이 산재해 있었다.

어? 맞은 건데?

난 누군가에 의해 맞아 생긴 멍 자국이라는 것을 한눈에 알 수 있었다.

"형, 아무리 그래도 이건 좀 너무하잖아요! 노크 좀 하고 들어오세요!"

화들짝 놀란 재수가 황급히 옷을 갈아입었다.

"노크? 웃기고 있네. 내가 네 방에 노크하고 들어간 적 있어? 너, 이리 와 봐."

녀석을 향해 손가락을 까닥거렸다.

"빨리 나가세요. 옷 갈아입잖아요."

"인마, 너 어릴 때 기저귀 내가 갈아 줬어. 됐고! 아니, 너 이거 뭐냐고?"

난 방 안으로 들어가 재수의 옷을 들춰 시퍼렇게 멍든 자국을 가리켰다.

"별거 아니에요. 친구들이랑 축구 하다가 넘어졌어요."

녀석이 후다닥 옷을 갈아입었다.

"축구 하다 넘어져? 야 인마, 내가 의사야. 넘어져서 생긴 멍이랑 맞아서 생긴 멍이랑 구분 못 할 것 같니?"

"……."

"너, 솔직히 말해. 누구한테 맞은 거야? 누가 그런 거냐고?"

"아무것도 아니에요. 신경 쓰지 마세요."

"됐고! 일단 병원부터 가자. 단순 타박상이 아닐 수 있어. 따라 나와!"

"괜찮다니까요! 나 친구 만나러 가야 해요. 늦으면 안 된다고요."

재수가 자신의 팔을 잡고 있던 내 손을 밀쳐 냈다.

"친구? 너 이렇게 만든 놈? 아, 그러고 보니 가게 담배도 네가 가져간 거지? 그놈들이 담배 가져오라고 시키던?"

"……아니에요. 그런 거 아니니까 제발 그냥 모른 척해 줘요. 제가 알아서 할게요."

"인마, 알아서 한다는 놈이 이렇게 얻어터져?"

"진짜 별거 아니에요. 파스 몇 장 바르면 괜찮아요. 형이 자꾸 이러시면……."

"자꾸 이러시면 뭐? 그놈들이 협박이라도 하던? 당장 형이랑 같이 가자."

"같이 가자고요? 어딜요?"

재수가 깜짝 놀라 눈을 동그랗게 떴다.

"그놈들 만나러 간다면서? 그러니까 형이랑 같이 가. 그런 놈들은 절대로 가만둬선 안 돼."

"가만 안 두면요? 형이 뭘 할 수 있는데요?"

"경찰에 신고를 하든, 교육청에 고발을 하든 해야지."

"경찰에 신고를 한다고요? 그럼 뭐가 해결돼요? 그 사람들도 다 똑같아요. 절대 우리 안 도와줘요."

재수가 원망 어린 눈으로 날 응시했다.

"학폭도 엄연한 범죄야. 그러니까 당연히 신고를 해야지."

"저도 할 만큼은 했어요. 신고도 하고, 애원도 해 봤어요. 그 사람들이 해결할 일이었으면, 벌써 해결됐을걸요. 우리를 신경 써 주는 사람은 아무도 없다고욧!"

평소와는 다르게 목청을 높이는 재수였다.

"……왜 없어! 내가 있잖아! 아무튼 형이랑 같이 가."

"정말 나랑 같이 가고 싶어요?"

"당연하지."

"형이 감당할 수 있는 일이 아닐 텐데요."

"걱정 마. 형도 소싯적엔 운동 좀 했어. 아직 고삐리들 서너 명은 거뜬해."

"풋! 범생이 같은 형이요?"

그제야 녀석의 입가에 미소가 살짝 걸렸다.

"아무튼, 같이 가."

"그래, 그렇게 원한다면 같이 가요. 하지만 뒷일은 책임 못 져요."

"걱정 마. 내가 녀석들 버릇 단단히 고쳐 놓을 테니까."

"그럴 필요는 없을 텐데……."

"뭐라고?"

"아, 아니에요. 그렇게 원하시면 같이 가요."

재수가 한숨을 내쉬더니 주머니에 양손을 찔러 넣고는 밖으로 나갔다.

"같이 가."

덜컹, 나 역시 가게 문을 잠그고 곧바로 재수 뒤를 따라나섰다.

인근 야산 공터.

재수와 함께 간 곳은 인적이 드문 동네 근처 용왕산 인근이었다.

"그놈들이 여기 있다고?"

"네, 지금 절 기다리고 있을 거예요."

"그래?"

뚝, 난 제법 굵어 보이는 나뭇가지 하나를 부러뜨려 손에 쥐었다.

"그걸로 뭐 하려고요?"

"뭐라도 들고 있어야 하잖아."

"어휴, 그런 건 필요 없어요."

재수가 어이없다는 듯이 고개를 내저었다.

"필요 있는지 없는지는 두고 보면 알지."

그리고 잠시 후.

산속이라 어둑어둑해 잘 보이지 않았지만, 멀리 서너 개의 시커먼 실루엣이 보이기 시작했다.

실루엣의 크기로 볼 때, 적어도 너덧 명 정도의 덩치 큰 놈들이었다.

꽉, 나도 모르게 나뭇가지를 들고 있던 손에 힘을 주었다.

드디어 정체를 드러내는 실루엣.

어라? 이, 이건 뭐냐?

덩치가 산만 한 다섯 놈은 틀림없었으나, 하고 있는 몰골이 말이 아니었다.

눈두덩이가 부어 터져 눈이 반쯤 가려진 녀석.

쌍코피가 터졌는지 콧구멍에 휴지 뭉치를 꽂아 놓은 녀석.

입술이 터져 순대같이 퉁퉁 부은 녀석 등등.

몸이 성한 놈이 아무도 없었다.

재수 등판에 생긴 멍 자국은 새 발의 피였다.

"너, 너희는 뭐야?"
"저, 재수 친구예요."
"헐, 너희도 맞은 거냐?"
재수를 포함해 이 녀석들까지 여섯 명!
제법 덩치도 큰 녀석들인데, 이 많은 애들을 곤죽이 되도록 구타했다면…… 도대체 어떤 녀석이길래?
나도 모르게 손에 힘이 들어갔다.
"네에."
"누군데, 누가 그런 거야?"
나도 모르게 목소리가 미세하게 흔들렸다.
"그게……."
"괜찮아, 나랑 친한 형이니까 말해도 돼. 내가 그랬다고 말해."
재수가 녀석들을 보며 고개를 끄덕였다.
이건 뭐지?
완전히 주객이 전도된 상황.
재수가 주머니에 찔러 넣은 손을 꺼내 흔들자, 녀석들이 제대로 각 잡고 서 있는 것이 아닌가?
이건 분명 내가 예상한 그림이 아니었다.
"미안하다. 솔직히 너희한테는 감정 없는데, 이래 놔야 진수가 나설 거 아냐? 그래서 어쩔 수 없었어."
"아, 알아."

"그걸로 약 사서 발라."

재수가 주머니에서 아까 아주머니한테서 받은 돈을 꺼내 주었다.

"아냐, 아냐! 괜찮아. 그럴 필요 없어."

"됐다고! 파스라도 사서 발라."

재수가 그중 한 놈의 주머니에 지폐를 욱여넣었다.

"고마워."

덩치는 산만 한 녀석들이 재수 앞에선 고양이 앞에 선 얌전한 쥐다.

고마워? 도대체 이건 뭐지?

"형, 그거 들고 있을 거예요?"

그렇게 내가 어리둥절한 사이, 재수가 턱짓으로 나뭇가지를 가리켰다.

"아, 아니, 지금 이게 어떻게 된 거냐?"

아직도 지금의 상황을 이해하기 힘들었다.

"거봐, 내가 놀랄 거라고 했죠?"

"자, 잠깐! 그러니까 저 녀석들 얼굴을 곤죽으로 만들어 놓은 게 설마 너라는 거야?"

"그러니까 쫓아오지 말라고 했잖아요."

"아니, 그게 아니라……. 야, 너! 말해 봐. 지금 네 얼굴을 그렇게 만든 녀석이 재수 맞아?"

난 여전히 믿을 수가 없었다. 녀석들 중 한 놈의 팔을 붙잡고 턱짓으로 재수를 가리켰다.

"아, 아뇨. 저희가 잘못해서 그런 거예요. 맞을 만해서 맞았어요."

"맞아요. 저희가 처맞을 짓을 했어요. 재수 혼잔데 우리가 다구리를 까려고 했거든요."

녀석이 재수의 눈치를 살피며 동문서답을 했다.

"다구리?"

"네, 저희가 비겁하게 다구리로 덤볐어요."

"미치겠네. 그러니까 쟤가 너희를 이렇게 만든 거라고?"

손가락으로 재수를 가리키자 녀석이 발로 흙을 골라내며 딴청을 피웠다.

"……."

녀석들이 꿀 먹은 벙어리처럼 재수의 눈치만 보며 아무 말도 하지 않았다.

"맞냐고, 재수가 너희 이렇게 만든 게!"

"네에."

"근데 재수는 아무 잘못 없어요. 정말이에요."

녀석들이 여전히 우물쭈물하며 부어터진 입술을 뗐다.

맙소사!

재수는 맞은 것이 아니라 때린 거였다.

"후우, 야, 최재수! 지금 상황에 대해서 네 설명이 필요할 것 같은데?"

털썩, 다리에 힘이 빠진 난, 벤치에 몸을 내던지듯 앉았다.

"그러니까 일만 복잡해지니까 따라오지 말라고 했잖아요."

"됐고, 빨리 이실직고하지 못해! 넌 왜 저 녀석들을 곤죽이 되도록 쥐어팬 거고, 저 녀석들은 왜 처맞아 놓고 자기들 잘못이라고 하는지, 토씨 하나도 빼지 말고 이실직고해."

"그런 게 있어요. 형은 몰라도 된다고 했잖아요."

"최재수! 너, 빨리 설명 안 해? 이걸 확!"

"아, 알았어요. 근데 설명해 주면 형이 해결해 주기라도 할 건가요?"

내가 손을 들어 올리자 녀석이 피하는 시늉을 하며 말했다.

"그래, 내가 할 수 있는 일이라면 도와주마."

"형이 할 수 있는 일이 뭐가 있을지 모르겠지만, 그렇게 원한다면 말해 드릴게요. 사실은……."

녀석이 말한 자초지종은 이랬다.

"그러니까 재수 네 말은 네 베프인 김순남이란 아이를 저 녀석들이 지속적으로 괴롭혔다는 거지?"

"네."

"그래서 네가 재네를 이 지경으로 만든 거고? 맞아?"

"네, 더 이상은 그냥 두고 볼 수 없었어요."

"그러면 담배는 왜 훔친 거야? 엄마 몰래 담배 훔친 범인이 너 맞지?"

"진짜 무슨 명탐정 코난이세요? 맞아요, 내가 가져갔어요."

"그러니까 왜?"

"후우, 나도 그냥 처음에는 좋게 좋게 넘어가려고 그랬거든요. 순남이한테 담배 몇 보루 들려 보내면 괜찮을 줄 알았는데, 쟤네가 도가 지나치게 행동하잖아요. 그래서 어쩔 수 없었어요."

"……야, 너희, 재수 말이 맞아?"

"네네, 맞아요. 근데, 솔직히 우린 좀 억울하거든요."

눈탱이가 밤탱이가 된 한 녀석이 볼멘소리를 냈다.

"뭐가 억울한데?"

"아 씨, 사실 우린 심부름만 한 거라고요. 김진수가 전부 시킨 거예요."

"김진수? 그게 누군데?"

"우리 학교 원 톱이에요."

"뭐? 원 톱?"

"아, 아니, 재수 빼고 원 톱이요."

재수가 눈을 부라리자 녀석들이 잽싸게 말을 바꿨다.

"최재수! 진수라는 녀석이 싸움을 그렇게 잘해?"

"아니, 다구발 말고는 아무것도 없는 녀석이에요. 자기 아빠 백 믿고 기고만장해서 날뛰는 놈이에요."

"다구발? 그게 뭔데?"

"아무거도 닥치는 대로 집어 들고 덤비는 거요. 아까 형이 나뭇가지 꺾은 것처럼."

재수가 턱짓으로 내 손을 가리켰다.

"흠흠흠, 그걸 다구발이라고 해?"

난 슬그머니 들고 있던 나뭇가지를 내려놓았다.

"그래요. 진수 그 녀석 아버지가 우리 학교 육성회장이거든요. 유성건설인가? 거기 사장이래요. 학교에 기부도 많이 하고 아무튼 그래요. 옛날 조폭 출신이란 말도 있고요……. 암튼, 자기 아빠 백 믿고 날뛰는 녀석이에요."

"우리도 진수가 좋아서 그러는 거 아니다, 뭐. 누군 진수 꼬붕 하고 싶어서 하는 줄 알아? 돈 펑펑 쓰고 맛있는 거 막 사 주고 하니까 그런 거지. 거기다 강제로 애들 갈구라고 하면서 그거 다 촬영해 놓는단 말이야. 자기 말 안 들으면 경찰서에 보낸다고 협박하거든."

녀석들이 볼멘소리를 냈다.

"야, 닥쳐! 먹을 거 사 준다고 친구를 그렇게 괴롭혀? 그러고도 너희가 사람이야? 순남이 팔에 담배빵이 한두 개가 아니야!"

재수가 손을 들어 올리는 시늉만 해도 녀석들이 몸을 움츠렸다.

이 녀석 봐라?

재수가 범생이라고만 알고 있던 내 생각이 산산조각이 나는 순간이었다.

"조용! 조용! ……그러니까 그 진수라는 아이가 순남이를 지속적으로 괴롭힌다는 거지?"

"예, 악질 오브 악질이에요."

우두둑, 재수가 뼈마디를 눌러 소리를 냈다.

"학교에 알렸어?"

"형, 제가 말씀드렸잖아요. 진수 아빠가 우리 학교 육성회장이라니깐요?"

육성회장이란 단어 하나에 모든 것이 이해되는 상황이었다.

"그렇구나."

"거봐요, 형이라고 뭐, 뾰족한 수가 없죠? 담탱이도 교장도 경찰들도 다 똑같아요. 아무것도 안 하거든요. 그래서 내가 이 개새끼 잡으려 하는 거예요. 법원권근이란 말도 있잖아요. 법은 멀고 주먹은 졸라 가깝다. 그 뜻 맞죠?"

바드득, 재수가 어금니를 악다물었다.

"맞긴 한데, 네가 나설 일이 아닌 것 같다."

"안 나서면요? 순남이 계속 괴롭힐 텐데? 순남이 피 말라 죽어요, 형! 무슨 수를 쓰더라도 진수를 가만 놔둬서는 안 돼요."

"누가 그냥 두재? 버릇을 단단히 고쳐 놔야지."

"그러니까 그 버릇을 어떻게 고쳐 놓냐고요? 학교도 경찰도 포기했는데."

"일단, 여기 있는 녀석들이 도와준다는 전제하에 가능한 일이야. 가능하겠어?"

"물론이죠. 이 녀석들도 죽지 못해 진수 꼬붕 노릇 하는 거예요. 너희들! 맞지?"

재수가 녀석들을 주욱 훑어 내렸다.

"그래? 얘들아! 재수 말이 맞아?"

"네! 저희도 진짜 그 새끼라면 지긋지긋해요. 진짜 그 새끼 죽었으면 좋겠거든요."

"음……."

"빵 셔틀, 담배 셔틀도 모자라 자기 핸드폰 요금도 강제 셔틀하고 사이월드의 순남이 굴욕 사진 올리고, 해도 해도 졸라 심해요. 시팔, 우리도 노예처럼 부려 먹고. 악질이에요!"

그제야 녀석들이 하나둘씩 김진수를 성토하고 나섰다.

"그러면 너희가 형을 좀 도와줄 수 있겠어?"

"네네! 진수한테서 벗어날 수만 있다면, 뭐든 할게요."

녀석들이 눈을 반짝거렸다.

"좋아! 너희가 도와준다면 충분히 승산 있다. 모여 봐. 지금부터 우리, 판을 좀 크게 벌여 보자."

"그러니까 어떻게요? 빨리 말해 보세요."

재수가 궁금한 듯 귀를 쫑긋 세웠다.

♥

며칠 후, 용왕산 인근.

“야, 이 X 같은 학교는 왜 맨날 부교재가 바뀌는 거냐? 게다가 완전 듣보잡 출판사던데.”

“병신, 당연한 거 아니냐? 그래야 출판사들한테 삥 뜯지. 게다가 그 덕에 우리도 재미 보는 거 아냐?”

“하긴. 그나저나 순남이 새끼는 왜 안 와?”

“전화했으니까 열라 뛰어오겠지.”

“X밥 같은 새끼, 오기만 해 봐라.”

퉤.

녀석들이 가래침을 몰아 뱉으며 시시덕거렸다.

“야, X순남! 거기 딱 서 있어.”

순남이가 도착하자 한 놈이 냉큼 달려왔다.

며칠 전에 재수에게 참교육을 당한 녀석 중에 한 명인 김상호였다.

녀석의 메소드 연기는 훌륭했다.

“…….”

“엄마 가게 좀 봐 주느라고 늦었어.”

순남이가 주눅 든 표정을 지었다.

"아, 그러세요? 소년 가장 나셨네. 씨발아! 우리 엄마도 바쁘거든!"

후우, 녀석이 순남이 얼굴에 담배 연기를 뿜으며 손을 들어 올렸다.

뭐, 저 정도까진 하지 않아도 되는데 말이다.

"상호야, 그, 그러지 마."

순남이가 양손으로 자신의 머리를 감쌌다.

"그러지 마~."

상호 녀석이 말을 길게 늘어뜨려 순남이 흉내를 내며 비아냥거렸다.

"미안해."

"미안하면 미안할 짓을 하면 안 되지. 안 그래?"

"다신 안 늦을게."

"암, 그래야지. 그나저나 X순남, 담배는 가져왔냐?"

"어, 여기 있어."

순남이가 가방에서 담배를 꺼내 넘겼다.

"진수야, 빨리 이리 와 봐."

담배를 받아 든 상호가 인상을 구겼다.

드디어 모습을 드러내는 김진수.

훤칠한 키에 단정한 옷차림. 외관상으로 봤을 땐, 꽤 괜찮아 보이는 녀석이었다.

"왜?"

"하아, 이를 어떡하지? 순남이가 우릴 졸라 홀대하는데? 이건 뭐, 불우 이웃 돕기 수준인데?"

"뭔데?"

"우리 X순남이가 도스 플러스를 가져오셨어. 우릴 아주 거지새끼들로 아는 거지."

"미, 미안해. 돈이 좀 모자라서 그랬어."

순남이가 바짝 몸을 움츠렸다.

"시팔, 기분 X 같네? 우리가 유니세프에서 원조받냐? 우리 집도 돈 없어, 이 새꺄!"

진웅이 녀석도 손을 들어 올려 재수를 때리려 했다.

"비켜."

김진수가 걸어오자 모세의 기적이라도 일어난 듯 길이 열렸다.

"상호 넌 저기 가서 짜져 있어. 네가 얼마나 불쌍하게 생겼으면 우리 순남이가 그랬겠니?"

김진수가 순남이의 머리를 쓰다듬어 주었다.

"저, 정말 괜찮은 거야?"

"당연하지. 대한민국 사람이면 당연히 국산 담배를 피워야지."

"고마워, 진수야."

툭.

가볍게 한 대.

툭툭.

진수란 놈이 시간 차를 두고 좀 더 강도를 높여 순남이의 볼을 손등으로 가격했다.

"욱, 지, 진수야, 미안해. 다시 사 올게."

심상치 않은 상황을 인지한 순남이가 몸을 숙였다.

"미안하긴, 건힐 사 오라고 한 내가 더 미안하지."

툭, 툭툭, 짝, 짝짝짝

이젠 제법 강도가 세다. 어느새 재수의 볼이 붉게 물들기 시작했다.

"그런데 순남야, 네가 우릴 병신으로 보든, 불우 이웃으로 보든 다 좋은데 말이야, 내가 하지 말라고 한 건 하지 말아야지."

짝, 김진수가 90도 각도로 팔을 들어 올려 순남이의 뺨을 후려갈겼다.

"미, 미안해. 다, 다음에는 꼭 건힐 사 가지고 올게."

뺨을 얻어맞은 순남이가 바짝 얼어붙었다.

"다음에? 아니, 그럴 필요 없어. 괜찮아!"

퍽퍽퍽, 김진수가 순남이의 가슴을 가격하기 시작했다.

그 순간, 상호와 진웅의 손이 바빠지기 시작했다.

상호가 포켓에 꽂아 둔 볼펜형 카메라의 초점을 맞추기 위해 이리저리 움직였으며, 진웅이는 주머니에 손을 넣어 소형 녹음기의 버튼을 눌러 지금의 상황을 생생하게 녹음하기 시작했다.

"그, 그만 때려! 미안해. 지금 당장 다시 사 가지고 올게!"

헉헉, 순남이가 겁에 질린 표정으로 애원했다.

"그래? 지금 바로 사 올래?"

"응, 그럴게. 지, 지금 바로 사 올게."

"고마워. 그러니까 처음부터 그랬으면 좋잖아. 넌 왜 날 친구나 때리는 나쁜 놈으로 만드니? 응?"

저 김진수란 놈, 이 바닥의 최상위 포식자, '악질오브악질'이었다.

이 녀석은 사람을 때릴 줄 안다. 아니, 고문을 할 줄 아는 거지. 공포감을 극대화해 상대의 정신을 지배할 줄 아는 놈이었다.

"저런 개새끼!"

"가만있어."

"진수 저 새끼 하는 짓 좀 보세요. 나가서 죽여 버릴 거예요."

바로 그 순간, 멀리서 지켜보고 있던 재수가 튀어 나가려 했다.

"모든 걸 네가 망쳐 놓을래?"

난 녀석의 팔을 잡아당겼다.

"개새끼! 저게 사람이야?"

분노에 찬 재수가 잔디를 움켜쥐었다.

“아, 알았어. 바로 내려갈게.”

바로 그때였다.

어, 어억!

순남이가 주머니에서 뭔가를 꺼내더니 진수 몰래 입 안에 털어 넣고는 그 자리에서 쓰러져 진저리를 쳤다.

“뭐야, 저 새끼?”

뒤늦게 쓰러진 순남이를 보고 김진수가 대수롭지 않다는 듯이 턱짓으로 순남이를 가리켰다.

“킥킥킥, 저 새끼가 뺑끼 쓰는 것 같은데?”

그 옆에 있던 상호가 비웃었다.

“하아…… 시팔! 야, 김상호! 저 새끼 일으켜 세워.”

김진수가 어이없다는 듯이 뒷머리를 긁적거렸다.

“알았어.”

김진수의 명령에 상호가 순남에게 다가갔다.

“어? 어? 이, 이 새끼 왜 그래?”

획, 깜짝 놀란 상호가 진수를 쳐다봤다.

“왜? 뭔데?”

“모, 모르겠어. 이, 이 새끼 게거품까지 물었는데? 빼, 뺑기 쓰는 거 아닌가 봐!”

사시나무 떨듯 양발을 떨고 있는 순남. 심지어 입 안에서 게거품이 몽글몽글 흘러내렸다.

“뭐라고?”

"빨리 와 봐! 이 새끼 정말 이상해! 눈도 돌아갔는데? 이, 이걸 어쩌지? 이러다가 얘 뒈지는 거 아냐?"

뒤따라 순남에게 달려간 양진웅도 호들갑을 떨었다.

"뭐? 뭐라고?"

그제야 상황이 심상치 않음을 인지한 김진수가 뒷걸음을 쳤다.

"진수야, 어떡하지? 119 불러야 하는 거 아냐?"

"시팔, 놔둬! 내가 뭘 어쨌는데?"

어느새 김진수의 얼굴이 새하얗게 질려 있었다.

"이러다가 죽으면 어쩌냐고!"

"몰라! 그냥 가자. 본 사람도 없으니까 아무도 모를 거야."

본 사람이 없긴!

여기 있는 모든 사람이 너의 만행을 똑똑히 지켜보고 있잖아.

버둥버둥.

점점 더 몸을 뒤틀며 메소드 연기를 펼치는 순남이. 이 정도면 아카데미 남우 주연상감이었다.

"저, 정말 괜찮을까?"

"걱정 마! 우리 아빠가 알아서 다 해결해 줄 거야. 일단, 튀자."

"아, 알았어."

"너희, 오늘 있었던 일, 어디 가서 입만 뻥긋해도 다 뒈지는 줄 알아. 알았지?"

"아, 알았어."

"그래, 빨리 튀자."

"응."

그렇게 진수를 비롯해 그의 똘마니들이 황급히 산을 내려갔다.

잠시 후.

진수 일당이 완전히 사라진 것을 확인한 후, 나와 재수는 순남이에게로 갔다.

"자, 닦아."

재수가 넘어져 있던 순남이를 일으켜 세우며 손수건을 건네주었다.

"퉤퉤! 이거 엄청 쓰네?"

그러자 순남이가 일어나 입에 남은 세제를 뱉어 냈다.

"후후후, 그럼 하이타이가 쓰지, 달겠냐?"

"그러게……. 그나저나 재수야, 이렇게 해도 괜찮을까?"

여전히 겁에 질려 있는 순남이었다.

"아무 걱정 마. 나머지는 우리 형이 알아서 할 거야. 그죠?"

재수가 날 보며 환하게 웃었다.

"당연하지. 그건 그렇고, 내가 좀 보자."

순남이를 바로 누인 후, 녀석의 셔츠를 들어 올리는 순간, 난 또 한 번 경악하지 않을 수 없었다.

일반적으로 타박상이나 구타 등에 의해서 생긴 멍 자국은 처음엔 붉은색을 띤다. 그러다 하루나 이틀 정도 지나면 보라, 청색, 검은색으로 바뀌고, 일주일 정도 지나면 녹색, 2주일 정도가 지나면 노란색이나 밝은 갈색으로 변하다가 한 달쯤 지나면 사라지는 것이 보통이다.

하지만 순남이의 몸의 멍 색깔은 빨주노초파남보 총천연색이었다.

게다가 군데군데 담배 빵까지.

그 말은 한두 번 맞았던 것이 아니라는 것.

순남이는 진수로부터 지속적이고 야비한 구타를 당하고 있는 것이 틀림없었다.

게다가 상처 부위가 교묘하다. 놈은 허벅지, 어깨, 복부 등등 눈에 보이지 않는 부위만 골라 가격했던 것.

악질도 이런 악질은 없었다.

"순남아, 일단 병원에 입원부터 하자."

"병원요? 저, 그럴 만한 형편이 못 되는데요."

"그런 건 형이 알아서 할 테니까 신경 쓰지 마. 재수야, 뭐해! 빨리 내려가서 택시 잡아."

"네, 알았어요, 형!!"

이 새끼! 도저히 봐주려야 봐줄 수가 없군.

연희병원 정형외과.

"윤준이 형, 이 정도면 얼마나 나올 수 있겠어?"

난 제일 먼저 정형외과에 의뢰해 순남이를 검사받게 했다.

"글쎄다. 사진으로 봐서는 설비컬 버테브라(경추)에 인대 손상이 좀 있는 것 같은데?"

"목뼈 인대 손상?"

"그래, 목뼈 인대가 늘어나는 건 흔한 케이스야. 보통 사람 대가리 무게가 7~8킬로그램 정도 되니까, 목이 앞뒤로 흔들리게 되면 인대가 나갈 위험이 있지. 흔히, 교통사고 후유증으로 잘 나타나."

"맞아서도 가능한 건가?"

"뭐, 충분히 가능할 수 있지. 가슴을 심하게 부딪히거나 묶어 놓은 상태에서 충격을 가하면 충분해. 근데 이게 위험한 게, 잘못하면 척추 신경까지 작살날 수 있거든."

정형외과 펠로우 장윤준이 팔짱을 낀 채, 심각한 표정을 지었다.

"그렇군. 이 정도면 진단은 얼마나 나올까?"

"글쎄다? 좀 더 정밀 검사를 해 봐야 하겠지만, 최소 4주는 잡을 수 있지 않을까?"

"그거밖에 안 돼?"

"뭐, 최소로 잡은 거지."

"최대로 잡아 봐. 순남이 목뿐만 아니라 발, 종아리, 허리까지 멀쩡한 데가 하나도 없어. 법이 허용하는 한계 내에서 최대한 진단 좀 해 줘요."

"……음, 이 아이가 학폭 피해자라고 했지?"

"어, 거의 1년 넘게 괴롭힘을 당한 것 같아."

"괴롭힘 정도가 아니지. 이 정도면 고문 수준이야."

장윤준이 입술을 잘근거렸다.

"가능하겠어?"

"하아, 그래. 나한테 좋은 생각이 있어. 우리 병원에서는 좀 힘들 것 같고, 너 지창국 형 알지?"

"알지. 윤태호 교수님이랑 같이 나가서 클리닉 차린 형이잖아?"

"맞아, 태호정형외과."

"근데 거긴 왜?"

"야, 교통사고 환자들이 선호하는 정형외과 넘버원이 거기야! 거기 진단서 하나는 끝내준다. 거의 아트의 경지라고."

"정말?"

"당연하지. 아주 탈탈 털어먹을 수 있을 거다."

"오케이! 그러면 순남이 그 병원에 의뢰할 수 있는 거지?"

"당연하지. 그럴 수 있으니까 내가 말을 꺼낸 거 아니겠냐?

이런 새끼는 어릴 때부터 사회에서 완전히 격리시켜야 돼!"

나보다 더 흥분하는 장윤준이었다.

♥

그렇게 난 순남이를 데리고 정형외과, 흉부외과, 뇌신경외과, 신장내과를 돌며 각종 검사를 했고, 10여 가지의 크고 작은 병을 찾아냈다.

경추 인대 손상, 미세하지만 외상성 지주막하 출혈, 스트러넘(흉골) 손상 등등.

이 모든 것이 구타에 의해서 발생된 질환이라면, 미성년자임을 감안하더라도 적잖은 처벌을 받기에는 충분한 진단이었다.

게다가 상호와 진웅이가 찍은 동영상과 음성 녹음이라는 빼박 증거를 확보했으니, 변명의 여지가 없었다.

하지만 이 정도만으로는 뭔가 2% 부족한 느낌이었다.

난 좀 더 확실한 매조지를 하고 싶었다.

"지석 형님, 접니다."

그래서 곧바로 간지석 형님에게 전화를 걸었다.

–그래, 윤찬아! 바쁜데 무슨 일이야?

"형님, 저 부탁하나만 하려고요."

–하하하, 우리 아우님의 부탁이라면 목숨이라도 내놔야

지. 뭔데?

"형님, 유성건설이라고 아세요?"

—유성건설? 잘 알지. 그런데 거긴 왜?

"거기 사장이란 사람에 대해서 좀 알고 싶어서요."

—유성 김정봉 사장을 말하는 거니?

"이름은 잘 모르겠고요. 그 사람이 상현고등학교 육성회장이라고 하던데……."

—후후후, 신분 세탁 하는 거지. 육성회장뿐만 아니라, 그 지역 청소년선도위원장에 온갖 감투는 다 쓰고 있지 아마? 뭐, 들리는 소문에 의하면 시의원에 출마한다는 소리도 있더구나. 쌈마이 출신이 용 됐지.

"쌈마이요?"

—이 바닥도 나름 정통이라는 게 있어. 유성 김 사장은 주먹으로 시작한 게 아니라, 웨이터 출신이거든. 운이 좋아 스폰서 하나 잘 잡아서 여기까지 올라온 케이스지. 뭐, 그것도 능력이라면 능력이지만. 그런데 그건 왜?

"사실은……."

난 간지석에게 순남이에 관한 내용을 설명했다.

—그런 일이 있었니?

"네, 병원에서 진단서를 끊었는데, 온몸이 성한 데가 없어요. 근데 학교나 인근 경찰들이 수수방관하는 것 같더라고요."

—당연히 그렇겠지. 김 사장이 그런 건 아주 천재적이거든. 돈으로 사람 매수하고 약점 잡아 협박하고……. 아직까지 양아치 근성을 버리지 못했나 보군.

"이 녀석, 이번 기회에 단단히 버릇을 고쳐 주고 싶어서요."

—그렇군. 결국 제대로 죗값을 받을 수 있도록 해 달라는 거냐?

"네, 용서할 수 있는 게 있고 용서할 수 없는 게 있는데, 지금은 후자예요. 아이가 정신적 충격이 커서 당분간 신경정신과 치료도 병행해야 할 것 같습니다. 나머지는 제가 알아서 할 테니까, 그 녀석 아버지가 나서는 것만 형님이 해결해 주십시오."

—음…… 알았다. 너, 폭행 현장 녹화해 뒀다고 했지? 그거 나한테 파일로 좀 보내 줄래? 나한테 좋은 생각이 있다.

"좋은 생각요? 뭔데요?"

—그건 나중에 보면 알아. 아무튼, 파일이나 보내 줘.

"네에, 알겠습니다."

김순남 병실.

이것저것 검사를 해 보니, 지속적인 구타로 생긴 증세 외에 순남이는 아리쓰미어(부정맥)를 앓고 있었다. 크게 위험한 수준은 아니었으나, 그동안 지속적인 폭력으로 병세가 악화된 듯 보였다.

"순남아, 컨디션은 좀 어때?"

"아, 선생님! 괜찮아요."

녀석이 나를 보자마자 자리에서 벌떡 일어났다.

"괜찮아, 누워 있어."

"네."

"내일 전극도자 절제술이라고 간단한 시술을 할 거야. 이거 하고 나면 가슴이 뛰거나, 어지럽거나 하는 것도 없어질 거야. 형이 최대한 안 아프게 해 줄게."

어쩌다 보니 펠로우 첫 시술 대상자가 이 녀석이 되어 버렸다.

"감사합니다. 근데, 돈이 많이 들지 않나요?"

녀석이 걱정스러운 투로 물었다.

"그런 건 신경 쓸 것 없어. 어른들이 알아서 할 거니까."

"그래도……."

"걱정 마. 우리 병원에서도 여러 가지 혜택이 있단다. 그러니까 쓸데없는 걱정 말고 네 몸 관리나 잘해."

"네에, 감사합니다."

"그동안 맘고생 심했지? 진수 그 녀석이 원망스럽지 않니?"

"아뇨, 저 아니면 다른 아이를 괴롭혔을 것 아니에요."

"이런! 그런 녀석은 단단히 혼을 내……."

"괜찮아요. 그래도 재수가 있어서 버틸 수 있었어요. 재수 없었으면 버티지 못했을 거예요."

"그래……. 그나저나 형은 재수가 범생인 줄 알았는데, 깜짝 놀랐어."

"재수 범생이 맞아요. 학교에선 얼마나 얌전한데요."

"그래? 그런 놈이 그 덩치들을 죄다 작살을 내?"

"우리 학교에서 제일 잘 치니까요."

"친다는 게 싸움을 잘한다는 뜻이니?"

"네. 근데 재수는 함부로 주먹을 쓰진 않아요."

"그렇구나. 그나저나 재수랑은 어떻게 친구가 된 거야?"

"재수랑은 같은 동아리에서 만났어요. 영화 동아리요."

"맞다! 재수도 영화배우가 되는 게 꿈이라고 했어."

"맞아요. 저도 연기자가 꿈이거든요."

"아…… 그래?"

연기자가 꿈이라……. 안타깝게도 내 기억 속에 김순남이란 배우는 없는 것 같은데…….

아무리 기억을 더듬어 봐도 김순남이란 배우는 머릿속에 떠오르지 않았다. 물론, 재수 녀석도 마찬가지지만.

"네. 그래서 열심히 책도 보고 고전 영화도 보면서 연습하고 있어요."

"그, 그래, 열심히 노력하면 안 될 것도 없지. 넌, 훌륭한 연기자가 될 거야."

"정말요?"

"그럼, 지난번에 보니까 쓰러지는 연기가 아주 메소드급이던데? 나도 깜짝 놀랐어."

"진짜요? 저도 최대한 실감 나게 연기하려고 노력했어요. 저, 진짜 잘했죠?"

녀석의 얼굴이 오랜만에 환하게 밝아지는 듯했다.

"그래. 진짜 연기자 해도 되겠더라."

"그나저나 선생님! 제 이름이 좀 촌스럽죠? 유명한 배우들 보면 이름이 다들 멋지긴 한데, 순남이는 뭔가 좀……."

순남이가 머쓱한지 뒷머리를 긁적거렸다.

"뭐, 이름이 뭐 중요한가? 연기만 잘하면 되지."

"그래도 순남이는 좀 그래요. 그래서 제가 가명을 하나 지어 봤어요."

"가명을? 어떤?"

"음…… 좀 쑥스러운데."

"괜찮아, 말해 봐."

"김빈요. 전 이름에 빈 자 들어가는 게 좋더라고요. 그래서 지어 봤는데, 좀 어색한가요?"

녀석이 쑥스러운 듯 얼굴을 붉혔다.

"김빈? 멋진데?"

"정말요?"

"그래, 세련되고 네 이미지랑 딱 어울리는 것 같아……."

잠깐! 김빈??

뭐더라…… 내가 알고 있는 액션 배우 김빈??

설마 아니겠지 했지만, 순남이를 잘 살펴보니 김빈과 닮은 것도 같았다.

김빈이 가명이었던가?

하지만 기억이 가물가물했다.

"왜요? 좀 이상해요?"

"아니야, 아니야. 굉장히 멋있는데. 진짜 액션 배우 하면 딱이겠다."

"맞아요! 저도 브루스 윌리스 같은 액션 배우가 꿈이에요."

아, 맞다! 김빈!

그 순간 떠오르는 기억 하나가 있었다.

-형님, 배우 김빈 아시죠?

-우리나라 사람치고 김빈 모르는 사람이 있냐?

-김빈이 제 친구예요. 저랑 고등학교 때 단짝이었다고요.

-하하하, 그래? 사실 나도 비밀이 하나 있는데, 난 있잖아, 톰 크루즈랑 베프였어.

-아, 진짜! 진짜라고요. 순남…… 아니 김빈이랑 진짜 친

했다니까요.

–그래, 알았다. 나도 톰 크루즈랑 진짜 친해.

"와! 이거 사인 받아 놔야겠는걸."

"에이, 사인은 무슨요."

녀석이 손사래를 치며 쑥스러워했다.

어이없군. 순남이가 그 유명한 김빈이라니.

난 이렇게 대한민국 최고의 액션 배우 김빈과 연을 맺을 수 있었다.

"국소마취라 조금 아플 수 있어. 정 못 참겠으면 손을 들어."

"네, 선생님."

다음 날, 난 전극도자 절제술을 시행했다.

순남이의 수술은 전신마취가 아닌 국소마취였다. 수면 마취의 경우에도 통증을 느낀 환자가 몸을 움직이기도 해서 시술에 방해가 되므로 초보 의사의 경우 전신마취를 하는 경우가 종종 있으나, 순남의 경우 신장의 상태가 좋지 않기에 되도록 전신마취를 피하는 것이 좋았다.

그리고 난, 그저 풋내기 초보 의사가 아니니까.

시술은 간단했다.

넓적다리 정맥을 통해 다섯 개의 전극도자를 삽입하고 전극을 흘려보내 부정맥이 발생하는 부위의 신경을 죽여 치료하는 방법이었다.

시술 시간은 2시간여.

난 완벽하게 부정맥을 잡아냈고 이제 순남이는 더 이상 부정맥 증세에 시달릴 필요가 없었다.

전문의를 취득한 후, 첫 번째 시술은 당연히 성공적이었다.

"안 아팠니?"

"아뇨, 하나도요."

녀석이 밝은 표정으로 환하게 웃었다.

"순남아, 혈관 짼 곳을 압박 지혈을 했으니까, 절대로 다리를 굽히면 안 돼."

"네, 선생님."

"앞으로 6시간 정도는 절대안정을 취해야 하니까, 좀 불편하더라도 참아. 침대 위에 꼼짝 말고 누워 있어야 해."

"네, 선생님! 감사합니다."

그렇게 순남이는 조금씩 회복되어 가고 있었다.

그렇다고 해도 진수의 죄가 없어질 수는 없을 터. 이젠 녀석이 지은 죄의 대가를 톡톡히 치를 때가 왔다.

상현구 구민회관.

청소년 가장들을 돕기 위한 바자회가 열렸다.

주최자는 김진수의 아버지인 청소년선도위원장 김정봉 유성건설 사장이었다.

인근 고등학교 이사장, 교육청 관계자들, 지역구 국회의원, 지역 유지 등등. 나름(?) 거물급 인사들이 총망라된 매머드급 행사였다.

각자 자신이 아끼는 소장품을 전시해 판매하여 그 수익금을 소년, 소녀 가장들에게 전달한다는 취지였으나 그건 명목상일 뿐이었다.

실제 목적은 향후 정계 진출을 노리는 김정봉 사장이 인맥을 넓히고 자신의 치적을 과시하기 위한 것이었다.

"아이고, 간 전무님! 와 주셔서 감사합니다!"

행사장에 간지석이 보이자, 김정봉이 자신의 아들 김진수와 함께 그에게 달려갔다.

"좋은 취지의 행사인데, 당연히 와서 힘을 보태야죠."

"감사합니다! 강 회장님은 강령하시죠?"

"네, 덕분에."

"제가 뭐 한 게 있어야죠. 아무튼, 조만간 찾아뵙겠습니다. 회장님 바둑 실력이 좀 느셨나 모르겠군요."

“네, 반가워하실 겁니다.”

“진수야, 인사드리거라. 이분은 경파 그룹의 총괄전무님이신 간지석 전무님이시다.”

“안녕하세요, 김진수라고 합니다.”

녀석이 간지석에게 깍듯하게 인사했다.

“아, 아드님시군요!”

“네, 제 아들놈입니다. 이번에 소년 소녀 가장 돕기 행사도 이 녀석이 다 기획하고 준비했어요.”

“이런, 이렇게 기특할 수가 있나! 정말 대단하군요.”

“허허허, 제 자식이라서 하는 말이 아니라, 이 녀석 마음씀씀이가 얼마나 따뜻한지 저도 깜짝 놀랄 때가 많습니다. 좀 있다가 이 녀석이 만든 영상 한번 보십시오. 전 미리 좀 봤는데, 가슴이 뭉클하더군요. 그게 힘들게 공부하고 있는 청소년들에게 힘과 용기를 주는…….”

“아아, 사장님! 더 이상의 스포는 삼가 주십시오. 저도 사장님처럼 가슴 뭉클한 감동을 느끼고 싶네요.”

“하하하! 그렇습니까? 알겠습니다.”

“네네, 이렇게 훌륭한 아드님을 두셔서 부럽습니다.”

“네, 저도 가슴 뿌듯합니다. 이 녀석 꿈도 사회사업가라고 하더군요!”

하하하, 아들 자랑에 여념이 없는 김정봉이었다.

“그래요. 이런 청소년들이 있다니, 우리나라의 미래가 밝군요."

그렇게 바자회가 열렸고, 두어 시간이 지난 후, 김진수가 제작한 동영상을 관람할 시간이 왔다.

"실내에 계신 신사숙녀 여러분, 여기를 주목해 주십시오."

한창 행사가 진행되던 그때, 사회자가 사람들의 주의를 환기시켰고, 장내에 있던 내빈(?)들이 하나둘씩 단상 쪽으로 자리를 옮겼다.

"지금부터 '소년의 꿈'이란 제목의 동영상을 감상토록 하겠습니다. 이 동영상은 꿈을 잃은 청소년들에게 희망과 용기를 주고자, 이 행사를 주최하신 김정봉 청소년선도위원회 위원장님의 자제분이신 김진수 군이 며칠 밤을 꼬박 새우며 심혈을 기울여 만든 영상입니다."

"하하하, 진수야, 장하구나. 아빠는 네가 너무 자랑스럽다."

맨 앞자리에 앉아 사랑스럽단 눈빛으로 김진수의 손을 잡아 주는 김정봉이었다.

"자, 지금부터 영상을 상영토록 하겠습니다. 손수건이 필요할 테니, 미리미리 챙겨 놓으시기 바랍니다. 자, 이제 시작하겠습니다."

좌르르, 사회자가 영사실 쪽을 향해 눈짓을 보내자 대형 스크린이 천천히 내려왔다.

그리고 재생되는 영상.

♬♩♬

파스텔 톤의 화면에 잔잔히 흘러나오는 음악.

When I am down and, oh my soul, so…….

You raise me up이었다.

진수가 고아원에서 아이들과 즐겁게 놀아 주는 장면. 독거 노인들을 정성스레 돌보는(?) 영상, 그리고 소년 소녀 가장의 집에 생필품을 전달하며 아이들의 공부를 봐주는 영상 등등. 대충 봐도 조작된 것이지만, 어쨌든 훈훈한(?) 영상이 펼쳐지고 있었다.

"아이고, 김 사장님! 훌륭한 자제분을 두셨습니다. 저렇게 반듯한 청소년이 있으니 우리나라의 미래는 더없이 밝군요."

지역구 국회의원 김덕수가 입에 침이 마르도록 김진수를 칭찬했다.

"녀석이 워낙 오지랖이 넓어서 주변에 불쌍한 사람을 그냥 지나치지 못하더라고요. 그냥, 별거 아닙니다."

"별거 아니긴요! 저게 어디 쉬운 일입니까? 요즘 같은 각박한 세상……."

치지지지직.

그렇게 김정봉이 겸손을 떨며 자식 자랑에 여념이 없던 사

이, 스크린의 화면이 바뀌었다.

[시팔, 놔둬! 내가 뭘 어쨌는데?]

[이러다가 죽으면 어쩌냐고! 병원으로 데리고 가야지.]

[몰라. 그냥 가자. 본 사람도 없으니까 아무도 모를 거야.]

화면이 바뀌자 김진수가 순남이를 구타하는 장면이 적나라하게 나타났다.

웅성웅성.

"저, 저거 뭐지?"

"진수 아니야?"

"맞아! 진수가 맞는 거 같은데?"

"쟤가 왜 저기서 나와? 지금 뭐 하고 있는 거지? 사람을 때리는 것 같은데?"

화기애애했던 행사장 분위기가 순식간에 화기애매해졌다.

[저, 정말 괜찮을까?]

[걱정 마! 우리 아빠가 알아서 다 해결해 줄 거야. 일단, 튀자.]

"의원님, 이번에 제가 시의원에 출마를 하려고 합니다. 아무래도 지역 봉사 활동을 하려면, 좀 더 체계적으로……."

동영상이 바뀌었는지 전혀 모르고 있던 김정봉은 김덕수

에게 아양을 떨며 자기 PR에 열을 올리고 있었다.

"……."

탁, 테이블 위에 샴페인 잔을 올려놓는 김덕수. 잔뜩 굳은 얼굴이 심상치 않아 보였다.

"의원님, 속이 불편하십니까? 약을 좀 사 가지고 올까요?"

"……."

흠흠흠, 김덕수 의원이 불편한 얼굴로 고개를 가로젓더니 턱짓으로 스크린을 가리켰다.

"네? 동영상이요? 영상에 문제라도……."

주르륵, 김정봉이 고개를 돌려 영상을 확인한 순간, 자동으로 입이 벌어졌고 입에 머금고 있던 삼페인이 울컥 쏟아졌다.

"……김 사장님, 지금까지 일은 없던 걸로 합시다. 전 바빠서 이만!"

끙, 김덕수 의원이 뒷짐을 진 채, 서둘러 행사장을 빠져나갔다.

웅성웅성.

행사장에 모여 있던 사람들이 수군거리며 김정봉을 힐끗거리고 있었다.

"의원님, 이건 무슨 오해가 있는 것 같은데……. 젠장, 박실장! 이, 이게 어떻게 된 거야?"

"저, 저도 모르겠습니다."

"야이, 개새끼……. 흠흠, 박 실장, 지금 당장 상황 파악하고 보고해, 빨리!"

김정봉이 습관대로 쌍욕을 박으려다 주변 사람들의 눈치를 보며, 목소리 톤을 낮췄다.

"네, 알겠습니다, 사장님."

"장학사님…… 이건 오해십니다."

"아, 네. 전 일이 바빠서 이만 가 봐야 할 것 같습니다."

흠흠, 장학사들 역시 삼삼오오 모여 수군거리며 쏜살같이 행사장을 빠져나갔다.

이미 엉망진창이 된 행사장,

사람들이 썰물 빠지듯이 빠져나가기 시작했다.

"회장님, 지, 지금 이게 어떻게 된 겁니까? 설마 이 영상을 튼 게 회장님은 아니시겠죠?"

김정봉만큼이나 당황스러운 건, 허영 교장이었다.

"모, 모르겠습니다. 이게 어떻게 된 일인지."

김정봉의 얼굴이 붉으락푸르락했다.

"이 사실을 교육청에서 대체 어떻게 알았는지 학교로 찾아오겠답니다! 이게 어떻게 된 일입니까? 진수 군이 왜 저기서 저런 짓을 하는 거죠?"

"몰라!! 나도 모른다고, 이 영감탱이야!"

야심 차게 준비했던 행사가 순식간에 물거품이 된 상황. 김정봉의 본성이 드러나는 듯했다.

"너! 지금 저거 뭐야?"

김정봉이 한쪽 구석에서 넋이 나간 채로 앉아 있는 자신의 아들에게 다가갔다.

거의 눈에서 레이저가 쏟아져 나올 것만 같았다.

"모, 몰라. 나도 모른다고."

김진수가 양손으로 자신의 머리를 움켜쥔 채 다리 사이로 얼굴을 묻었다.

"네가 모르면 누가 알아!!"

김정봉이 목젖이 보이도록 호통을 쳤다.

"사, 사장님!"

"뭐야? 대체 어떤 놈이 수작을 부린 거야?"

김정봉은 박 실장이 보이자 그의 목덜미를 움켜쥐었다.

"그, 그게……."

"빨리 말해! 죽여 버리기 전에!"

"제가 대신 말씀드리죠."

그 순간, 간지석이 뒷짐을 진 채 모습을 드러냈다.

"간 전무??"

"저, 저도 어떻게 된 일인지 잘 모르겠습니다."

김정봉이 박 실장을 쳐다보자 그가 고개를 내저었다.

"설마, 다, 당신이? 아니, 왜?"

아직도 상황 파악이 되지 않는 김정봉이었다.

"익숙하신 장면 같은데요?"

"이, 익숙하다고요?"

아무리 부아가 치밀었어도 간지석에게 막말을 할 만한 배짱이 김정봉에게는 없었다.

"그럼요, 익숙하죠. 김 사장님이 주로 쓰는 수법이니까요. 제가 보기엔 아드님에게서 사장님의 뒤를 이를 만한 자질이 보이는 거 같은데 말이죠. 잘 키워 보십시오."

"……."

김정봉이 송곳니를 드러내며 분기탱천했지만 간지석이란 인물은 그가 함부로 어찌할 수 있는 사람이 아니었다.

"전무님! 도대체 제게 왜 이러시는 겁니까? 제가 전무님과 회장님한테 무슨 잘못이라도 했습니까? 저만큼 두 분한테 충성을 다한 사람이 어디 있습니까?"

"아니죠, 뭔가 잘못되었군요."

간지석이 검지를 천천히 좌우로 흔들었다.

"네?"

"사과는 저 아이한테 하는 것이 맞죠. 이미 사과하기엔 너무 늦었지만."

간지석이 영상 속 쓰러져 있는 순남이를 가리켰다.

"그, 그래서 뭘 어떻게 하시겠다는 겁니까?"

김정봉이 여전히 원망 섞인 눈빛으로 물었다.

"아드님은 벌을 받아야죠, 죄를 지었으면."

"내가 가만있을 줄 아십니까? 저도 예전에 김정봉이 아닙니다!"

"아……. 네, 기대하죠."

후후훗, 간지석이 가소롭다는 듯이 피식거리더니 천천히 발길을 돌렸다.

"아아아악!"

간지석의 모습이 사라지자 김정봉이 주먹으로 바닥을 내리치며 절규했다.

일주일 후.

-김윤찬 선생님!

"네, 기자님."

레지던트 시절 심장 이송 당시 함께했던 대한일보 나정확 기자의 전화였다.

-가뜩이나 손가락 빨고 있었는데, 좋은 기사 하나 잡아 주셔서 감사합니다.

"좋은 기사는 아닌 것 같은데요?"

-앗! 죄송합니다. 그나저나 자료 조사를 하다 보니 이게 보통 심각한 문제가 아니더라고요.

"네에, 단지 일회성으로 끝나지 않게 부탁드립니다."

-당연하죠. 그래서 이번 일을 계기로 학폭에 관한 연재

기사를 쓰기로 했습니다. 지속적으로 국민들의 관심을 끌도록 해야겠습니다.

"네, 단지 조회수에만 연연하지 마시고 진심을 담아 기사를 써 주십시오. 학폭 피해 학생들이 당하는 고통은 상상을 초월합니다."

-네, 저도 그렇게 생각합니다. 진정성 있는 기사를 쓰도록 하겠습니다.

"네, 신경 써 주십시오."

그렇게 학교와 교육청, 검찰은 철저한 진상 규명에 들어갔다.

하지만 김정봉 부자는 끝까지 온갖 로비를 펼치며 빠져나가려 혈안이 되어 있었다.

절대로 용서할 수 없는 사람들이었다.

그렇다면 나 역시, 모든 수단과 방법을 가리지 않을 것이다.

경파 그룹의 이인자 간지석, 대한일보의 나정확 기자, 그리고 이번 사건을 자청해서 맡은 박영선 검사까지.

그들이 부족하다면, 내 양어머니인 김 할머니의 힘까지 빌려 볼 생각이었다.

반드시 그 죗값을 치르게 할 것이다.

죄는 미워하되, 사람은 미워하지 말라?

이 말은 틀렸다.

이 말에 해당될 수 있는 사람은, 잘못을 인정하고 용서를 구할 용기가 있는 이들뿐이었다.

이런 자들이겐 자비란 있을 수 없었다.

그렇게 시간이 흘러 한 달 후.

연희병원에 VIP 환자 한 명이 입원을 했다.

탁탁탁탁!

병실로 들어가자마자 노트북 타자 치는 소리가 경쾌하게 흘러나왔다.

"네네, 알았다고요! 걱정 마세요. 리먼 브라더스는 1850년에 세워진 회사입니다. 근간이 탄탄해 그럴 리가 없다니까요!"

—…….

"아니에요. 걱정 마세요. 세계 4위의 투자은행입니다. 서브프라임 모기지가 조금 균열이 생긴 건 맞는데, 충분히 커버 가능합니다. 아니요! 투자은행에 그 정도 부채는……."

누군가와 정신없이 통화에 열중인 이 남자. 국내 최고의 투자회사인 진성 파이넨셜의 수석 펀드매니저 부자경이었다.

"잠시만 기다려 주시겠습니까? 전화 금방 끊을게요."

내가 인기척을 내자 부자경이 한 손으로 수화기를 막았다.

“네.”

“내일 퇴원할 거니까, 나중에 회사에서 얘기합시다. 끊습니다.”

틱, 부자경이 핸드폰 통화 종료 버튼을 눌렀다.

“바쁘시네요?”

“네네, 제가 하는 일이 워낙 촌각을 다투는 일이라……. 죄송합니다. 선생님 오신지도 모르고.”

“괜찮습니다. 다만, 아무리 배터리만 교체하는 간단한 시술이었어도 무리하시면 좋지 않아요.”

“네네, 알겠습니다.”

부자경은 심장박동조율기의 배터리 수명이 다해 이제 막 교체 수술을 받은 상황이었다.

“컨디션은 좀 어떻습니까?”

“아주 좋습니다. 근데…… 아, 이게 참 쪽팔려서 말씀드리기 좀 그런데, 선생님한테 뭐 하나면 여쭤봐도 되겠습니까?”

“네, 말씀해 보십시오.”

“그게 안 서요.”

“네? 그게 무슨 말씀이십니까?”

“하아, 이거요. 최근 들어서 이게 잘 안 선다니까요?”

부자경이 쑥스러운 표정으로 자신의 아랫도리를 가리켰다. 심장 박동기 삽입으로 인한 부작용이 아니냐는 의미였으리라.

"아……."

난 그제서야 부자경의 말을 이해할 수 있었다.

"아무래도 이거 단 이후부터 그런 것 같아요. 요즘은 마누라랑 각방까지 쓴다니까요."

하아, 부자경이 어이없다는 듯이 탄식을 내뱉었다.

"심리적인 원인이 큽니다. 심장 박동기와 부부 생활은 아무런 관계가 없어요."

"아, 그런가요?"

"네."

"그리고 하나 더 있어요. 이상하게 양말 자국이 없어지질 않아요. 이건 왜 그런 건가요? 퇴근하고 돌아와 양말을 벗으면 발목에 자국이 한참 남아 있던데요?"

양말 자국이 오래 남는다?

이건, 발기부전과는 좀 얘기가 다르다.

양말 자국이 오래 지속된다는 것.

양말을 벗고 난 이후에도 발목에 양말 자국이 선명하게 남아 있다는 것.

이건 조금은 심각하게 받아들여야 할 대목이었다.

일반적으로 하지 부종이라면 큰 문제가 없겠으나, 다른 곳에 문제가 생긴 거라면 그냥 지나칠 일이 아니었다.

보통 심부전으로 인해 심장이 그 기능을 제대로 수행하지 못해, 체액이 부드러운 폐 조직으로 흘러들어 가 폐부종이 발생할 경우에도 이런 현상이 나타나기 때문이었다.

"언제부터 그러셨습니까?"

"그게……. 한 1년은 넘은 것 같은데요?"

부자경이 고개를 갸웃거렸다.

"그래요? 웃옷을 좀 올려 봐 주시겠습니까? 숨소리 좀 들어 보겠습니다."

"네. 뭐, 위험한 건 아니죠?"

부자경이 환자복을 위로 올리며 물었다.

"괜찮으실 겁니다."

"아, 네."

앗, 뜨거워!

그렇게 청진기를 부자경의 가슴에 대는 순간, 난 불에 덴 것 같은 열감을 느낄 수 있었다.

펀드매니저

청진기를 대 보니 쌕쌕거리는 숨소리가 났다.

"혹시, 누워 계실 때 숨이 더 가쁘십니까?"

"네네, 맞습니다! 누워 있을 때 이상하게 숨이 더 차더라고요. 왜 그럴까요?"

"가래는요?"

"아침에 일어나면 가래 때문에 목이 꽉 막힌 기분이더라고요. 약간 분홍색? 가래 색이 불그스름했어요. 혹시 결핵 같은 겁니까?"

부자경이 걱정스러운 표정으로 물었다.

"그런 건 아닙니다. 혹시 가래를 뱉으면 거품이 좀 일어나나요?"

"맞아요, 그렇습니다!"

"……종아리 좀 살펴볼게요. 바지를 좀 올려 봐 주시겠습니까?"

"네, 알겠습니다."

퍼리퍼럴 에드마(말초 부종)! 겉으로 보기에도 각종 체액이 침전되어 한쪽 다리가 퉁퉁 부어 있었다.

따라서 결론은 폐부종!

단순 폐부종이라면 큰 문제가 없지만, 심인성(심장이 원인) 폐부종이라면 얘기가 달라진다.

단순히 심장 박동기 배터리를 교체한다고 해결될 일이 아니었다.

"혹시, 간 질환 진단을 받으신 적 있습니까?"

"아뇨, 아뇨. 얼마 전에 검강검진을 했는데, 심장은 이 모양 이 꼴이라도 의사 선생님이 간은 새빨갛다고 하셨어요. 간 상태는 좋다고 하던데요!"

"복수가 차거나 스테로이드 제제 등을 복용하신 적은 없죠?"

"네, 전혀요."

그렇다면 비(非)심인성 폐부종도 아닐 가능성이 높다는 건데…….

결국, 청진기가 뜨거울 정도로 특정 부위의 온도가 높게 느껴졌다는 건, 거의 심인성 폐부종일 가능성이 농후하단 뜻이다.

이 사람 이대로 둬서는 안 된다!

일단 몇 가지 검사부터 좀 해 봐야 할 것 같았다.

"환자분, 몇 가지 검사를 좀 더 해 봐야 할 것 같습니다."

"네?? 그게 무슨 말씀이십니까?"

탁, 깜짝 놀란 부자경이 노트북을 덮었다.

"별거는 아니지만……."

"아니, 배터리만 갈면 되는 거 아니었습니까? 저, 내일부터 잡힌 미팅이 줄줄이 있습니다. 제가 한가하게 병원에 누워 있을 팔자가 아니라고요. 한 교수님은 내일 퇴원해도 좋다고 했는데 그게 무슨 소립니까?"

부자경이 방방 뛰며 정색했다.

"폐부종이라고 폐에 물이 찬 것 같습니다. 그래서 몇 가지 검사를 더 해 봐야 해요."

"폐, 폐에 물이 차요? 그게 무슨 말입니까?"

"네, 환자님 양말 자국이 잘 없어지지 않은 것도, 거품 낀 가래가 나오는 것도 그것 때문일 가능성이 큽니다."

"그, 그거 심각한 겁니까?"

폐부종이란 말에 부자경의 목소리가 미세하게 흔들렸다.

"폐부종 자체는 심각한 게 아닙니다. 이뇨제나 혈관확장제를 쓰면 치료가 가능해요."

내일 당장이라도 퇴원하겠다는 사람한테 심인성 폐부종이

란 말을 해 봐야 씨알도 먹히지 않을 것이 뻔했다.

"약으로 말입니까?"

"일단은 그렇습니다."

"검사받는 데 시간 오래 걸립니까?"

"오전 중으로 가능할 겁니다."

"흐음, 그 정도라면 상관없겠네요. 괜히 소리 질러서 죄송합니다. 저한테 일분일초가 돈이거든요."

약으로 치료된다는 말에 부자경이 한시름 덜은 모양이었다.

"그러면 내일 오전에 혈액검사랑 초음파 진행할 테니, 지금부터는 금식해 주십시오."

"네, 알겠습니다. 선생님, 진짜 저 수술 같은 거 안 하는 거죠?? 내일 오후에 1,500만 달러짜리 계약이 걸려 있는 미팅이 있습니다."

그 미팅, 하지 않는 것이 더 좋을 겁니다!

"네, 일단 검사부터 하시죠."

"네네, 알겠습니다."

다음 날 오전, 한상훈 교수실.

한상훈이 출근하자마자 난 그의 연구실을 찾았다.

연구실 문을 열고 들어가니, 나기만이 환자 브리핑을 하며 오전 회진 준비에 여념이 없었다.

"김윤찬 선생이 무슨 일이지, 꼭두새벽부터?"

"부자경 환자에 대해서 드릴 말씀이 있습니다."

"부자경 환자?"

"교수님, VIP 병실의 펀드매니저 환자 이름이 부자경입니다."

한상훈 교수가 고개를 갸웃거리자 나기만이 차트를 펼쳐 그에게 내보였다.

"아…… 그 사람 이름이 부자경이야? 이름 참! 그나저나 배터리 잘 갈아 끼워 줬는데, 무슨 문제라도 있나?"

"폐부종이 심한 것 같습니다."

"폐부종?"

"네, 그렇습니다. 퍼리퍼럴 에드마(말초 부종)에 거품 섞인 가래를 호소하고 있습니다."

"그래? 알았어."

"그래서 오전 중에 검사를 진행하려고 합니다."

"알았다고!"

"교수님, 꼭 확인하셔야 합니다."

"별거 아닌 것 가지고 뭘 호들갑이야?"

"네, 폐부종 자체는 별거 아니지만, 심인성이면 얘기가 달라진다고 생각합니다. 승모판협착이나 좌실심 부전……."

"김윤찬 선생! 승모판협착이 어느 집 개 이름이야? 좌심실 부전? 터진 입이라고 그렇게 함부로 씨불이지 말지?"

"……."

"그리고 승모판 협착이면? 자네가 뭘 할 수 있는데? 좌심실 부전이면 김 선생이 바드(인공 심장)라도 달아 줄 건가?"

한상훈이 조롱 섞인 말투로 나를 비웃었다.

"네, 교수님이 허락만 해 주신다면, 못 할 것도 없다고 생각합니다."

"하하하, 고함 교수 따라 몇 번 수술방에 들어가더니 눈에 뵈는 게 없어? 펠로우 1년 차가 무슨 벼슬이라도 된다고 생각하나 본데, 괜한 객기 부리지 말지?"

"그러니까 검사해 보시고 심인성 폐부종이면 교수님께서 집도하시면 될 것 아닙니까?"

"알았어, 나가! 아침부터 심기 불편하게 하지 말고."

한상훈이 귀찮다는 듯이 손을 내저었다.

"알겠습니다. 그러면 바로 검사 준비토록 조치를 취해 두겠습니다."

"알았으니까, 나가. 아침부터 재수 없게, 이 씨!"

한상훈 교수가 신경질적으로 환자 차트를 넘겨 보았다.

"네."

잠시 후.

"김윤찬 선생!"

내가 밖으로 나가자 나기만이 곧바로 따라 나와 내 이름을 불렀다.

"네?"

"너무 섭섭하게 생각지 말아. 원래 불같은 성격이시잖아."

"상관없습니다."

"음, 부자경 환자 말초 부종이 있다고요?"

"네, 그렇습니다."

"거품 가래까지 있고?"

나기만이 볼펜을 꺼내더니 내가 말한 내용을 차트에 정성스럽게 적어 넣었다.

"그렇습니다."

"휴우, 그러면 정말 폐부종이 맞을 수도 있겠네요?"

"가능성을 전혀 배제할 순 없죠."

"알았어! 김윤찬 선생은 역시 명성만큼이나 예리하네. 내가 간과한 부분을 정확히 잡아내니 말이야."

나기만이 입에 발린 소리를 해 댔다.

"……아무튼, 검사나 철저하게 해 주십시오. 단순 폐부종이라면 큰 문제 없겠지만, 심인성이면 얘기가 달라지니까요."

"그렇지! 김윤찬 선생 말대로 미트랄(승모판)이 나갔거나 좌심실 부전이면 큰일이지."

"그렇습니다."

"고마워. 내가 교수님께 말씀드려서 바로 검사해 보도록 할게."

"네, 고맙습니다."

"아, 김윤찬 선생! 그나저나 아까 한 말 진심은 아니지?"

그렇게 돌아가려는 찰나, 나기만이 발걸음을 멈춰 세웠다.

"무슨 말요?"

"아니, 아까 한 교수님한테 승모판 협착 수술 하겠다고 한 거 말이야. 그냥 해 본 소리지?"

한상훈 교수의 말대로 승모판 협착 수술은 펠로우 1년 차가 감히 하겠다고 나설 수 있는 수술이 아니었다.

"그럼요. 제가 감히 할 수 있겠습니까?"

"그렇지? 나도 그럴 거라 생각했는데, 혹시나 해서 말이야."

후우, 나기만이 안도의 한숨을 내쉬었다.

"……다만, 어쩔 수 없이 제가 해야 되는 상황이라면 해야겠지요. 예를 들면, 한 교수님이 못 하겠다거나 뭐 그런 상황이 온다면 또 모르는 거겠죠."

"하하하, 아무리 그래도 할 수 있는 게 있고, 할 수 없는 게 있지 않겠나?"

"그렇겠죠? 펠로우 1년 차인 우리가 뭘 할 수 있겠습니까?"

당신은 술기 외우기도 벅차겠지만, 난 이미 수백 번도 넘

게 이 수술을 해 봤을걸.

"맞아, 맞아. 그러니까 앞으로 우리도 열심히 노력하자고! 언젠가는 멋지게 해낼 날이 있겠지."

"네, 열심히 노력하십시오."

"아…… 그래. 윤찬 쌤도 열심히 해."

"네. 그러면 부자경 환자 검사 부탁드립니다."

"알았어. 오늘도 파이팅!"

나기만이 나를 향해 두 주먹을 불끈 쥐어 보였다.

그리고 몇 시간 후, 혈액검사, 흉부 초음파, CT 촬영 검사 결과가 나왔고, 내가 예측한 대로 승모판협착이 의심된다는 소견이 나왔다.

협착 정도가 경미하다면 그 협착 부위를 넓히는 수술을 할 수 있었겠지만, 부자경의 경우는 판 경화가 심해 인공 승모판으로 교체해야 해야 하는 수술을 요했다.

게다가 MR, 즉 미트랄 리거지테이션(승모판 폐쇄 부전증)까지 동반되어 있었다.

반드시 수술적 치료를 요하는 상황이었다.

"김윤찬이 이 새끼는 이걸 어떻게 알아차린 거야?"

검사 결과지를 살펴보던 한상훈 교수의 표정이 어두웠다.

"음, 나름 실력이 있는 것 같습니다."

"젠장, 그래 봐야 이제 1년 차잖아? 소 뒷걸음치다 쥐 잡은 꼴이지."

"그렇다 해도 승모판협착을 잡아낸 건 대단한 것 같습니다."

"됐어! 내 앞에서 지금 그 인간 두둔하는 건가?"

한상훈 교수가 나기만을 째려봤다.

"아, 아닙니다. 죄송합니다."

"내가 말했지, 묻는 거에만 충실하라고."

"네, 명심하겠습니다. 그나저나 교수님, 어떻게 하실 생각이십니까?"

"뭘 어떻게 해?"

"그래도 검사 결과가 이렇게 나온 이상 수술은 불가피한 것 아닙니까?"

"그러니까 내가 짜증이 난다는 거야. 젠장, 그 환자가 좀 까다로워야지. 어쩐지 쉽게 간다 했어."

워낙 성질이 불같고 까다롭기가 보통이 넘는 부자경 환자였기에 한상훈 교수도 부담스러울 수밖에 없었다.

"그래서 말인데요, 교수님. 외람되지만 이 수술, 김윤찬 선생한테 맡겨 보시죠."

"미쳤어? 환자 골로 보낼 일 있나? 아무리 김윤찬이가 천방지축 날뛴다지만, 승모판협착 수술이 개나 소나 다 하는 거라 생각해?"

"아무리 김윤찬 선생이 뛰어나다고 해도 할 수 있는 게 있고 없는 게 있죠. 그래서 김윤찬 선생한테 맡겨 보자는 겁니다."

"그게 무슨 말이야? 뜸 들이지 말고 자세히 설명해 봐."

"김윤찬 선생이 말했잖습니까, 교수님이 허락해 주신다면 자기가 메스를 잡아 보겠다고 말입니다."

"그래서?"

뭔가 스치고 지나가는 게 있는지 한상훈 교수의 눈빛이 달라졌다.

"어차피 교수님은 배터리 교체 수술을 성공적으로 마치셨습니다. 굳이 리스크를 안고 가실 필요가 없다고 생각합니다. 이번 수술은 잘해 봐야 본전 차리기도 쉽지 않은 수술이니까요."

"음, 자네 말대로 부자경 환자가 계륵 같은 존재이긴 하지."

"그러니까 김윤찬 선생한테 메스를 쥐여 주시라는 겁니다."

"실패할 걸 뻔히 알면서도?"

"그렇습니다. 실패하는 건 김윤찬이지, 교수님이 아니니까요."

"김윤찬은 실패하고, 난 실패하지 않는다??"

"네, 그렇습니다."

"그러니까, 일단 김윤찬한테 맡겨 놓고 내가 수습해라, 이

건가?"

이제야 뭔가 알아들었다는 듯 한상훈 교수가 관심을 보였다.

"그렇습니다. 하늘이 두 쪽 나도 김윤찬 선생이 할 수 있는 수술이 아니니까요."

"음…… 그거 나쁘지 않은 생각인데, 명분이 없잖나? 내가 나섰다간 괜히 그 책임을 내가 질 수밖에 없잖나?"

한상훈 교수가 고개를 갸웃거렸다.

"명분이야 만들면 되는 거고, 책임이야 다른 사람이 지면 되는 겁니다, 교수님!"

나기만이 한상훈 교수를 바라보며 입가에 비릿한 미소를 머금었다.

"그러니까 그 책임을 누구한테 떠넘기냐는 말이야?"

"지금 우리 흉부외과의 실질적 총책임자가 누굽니까?"

"고함 교수?"

당연했다.

허풍선 과장이야 거의 일선에서 물러난 상징적인 존재였다.

게다가 진료부원장 자리를 노리고 있는 허풍선 과장이었기에, 흉부외과 진료와 수술에 관한 모든 권한과 책임은 고함 교수에게 일임된 상황이었다.

"그렇습니다."

"고함 교수에게 책임을 지워라?"

"네."

"고함 교수가 과연 그렇게 할까?"

"교수님, 고함 교수는 그렇게 할 겁니다."

"어떻게 그렇게 확신하지?"

"음, 제가 어렸을 때, 친구 녀석을 흠씬 두들겨 패 준 적이 있었죠. 그랬더니 그 친구 부모가 우리 집에 찾아와 저를 깜빵에 넣겠다고 흥분해 소리치시더군요. 그때 저희 아버지가 어떻게 하셨는지 아십니까?"

"음, 합의를 보자고 하셨겠지."

"아뇨. 일단 그 부모 앞에서 무릎 꿇고 비셨습니다. 그러면서 이렇게 말씀하셨죠. '이 모든 것이 제가 자식을 잘못 가르친 책임입니다. 모두 제 잘못이니 용서하십시오.'라고요."

"음……. 고함 교수에게 김윤찬은 아들과 같은 존재란 말인가?"

"적어도 제 판단은 그렇습니다. 교수님은 그저 얻어맞은 아이 부모 역할만 하시면 되는 겁니다. 김윤찬은 반드시 이번 수술에 실패할 것이고, 그 실패에 대한 책임은 고함 교수가 질 겁니다."

한상훈을 응시하는 나기만의 눈이 날카로웠다.

"그럴듯해, 그럴듯해! 그런데 여기서 잠깐! 이 수술을 김윤찬한테 미뤄야 하는 이유가 뭐지? 단지 그가 수술에 실패할 거라는 이유 하나만 가지고는 이해가 되질 않아."

"이유가 하나 더 있죠."

"어떤?"

한상훈 교수가 의심스러운 눈초리로 나기만을 응시했다.

"교수님도 잘 아시겠지만, 부자경 환자 상태가 너무 좋지 않아서 미트랄 교체는 부작용의 위험이 큽니다."

"흠, 그렇긴 하지. 그러면 결국 미트랄을 교체하지 말고 복원해야 한다는 건가?"

"네, 그렇습니다. 게다가 RH-O형이라 충분한 혈액을 확보하기도 어렵습니다."

"미트랄 교체를 하다가 대량 출혈이라도 발생하면 문제가 된다 이거군."

"네, 그렇습니다. 전 교수님의 실력을 믿어 의심치 않지만, 그렇다고 해도 이번 수술은 리스크가 너무 큽니다. 즉, 득보다는 실이 많은 수술이죠."

"……."

나기만의 표정이 꽤나 진지했다.

"하지만 그 리스크를 김윤찬이 져 준다면, 교수님은 그야말로 꿩 먹고 알 먹는 격 아닙니까? 김윤찬이 실수해서 수술을 망쳤으니, 그 책임은 오롯이 그가 져야겠지요. 물론, 그 뒷수습을 교수님이 해 주신다면 금상첨화고요."

"음……."

자신의 실력에 관련된 일엔 발끈하며 나서는 성격의 한상훈도 이번만큼은 어느 정도 동의하는 듯한 눈빛이었다.

예전 같았으면 불같은 호통을 쳤을 테지만, 이번엔 고개만 끄덕일 뿐 아무 말도 없었다.

"게다가 교수님은 두 사람 모두 별로잖습니까?"

"사람하곤! 누가 들으면 우리가 원수지간인 줄 알겠네? 나, 고함 교수 좋아해. 그러니까 이 힘든 칼잡이 그만두게 하고 집에서 난이나 치면서 소일거리 하게 만들려는 거 아닌가?"

"그러니까요."

후후후, 나기만이 한쪽 입꼬리를 말아 올렸다.

"그건 그렇고, 만약에 고함 교수가 자기가 나서겠다고 하면 어쩌지? 워낙 오지랖이 태평양인 위인이라 말이야. 그러면 말짱 도루묵 아닌가?"

"그건 걱정하지 마십시오. 절대 그런 일은 없을 겁니다."

"절대라고?"

한상훈이 눈매를 좁히며 입을 모아 쭉 내밀었다.

"네, 그렇습니다."

고함 교수 연구실.

나기만과 모사(?)를 꾸민 한상훈이 고함 교수를 찾아갔다.

"앉지."

"네."

"그나저나 자네가 내 방에 웬일인가?"

평소에 고함 교수가 있는 쪽으로는 오줌도 싸지 않을 만큼 껄끄러워했던 한상훈이었기에 고함 교수에게는 의외의 방문이었으리라.

"부자경 환자 수술 때문에 교수님의 고견을 여쭙고자 찾아왔습니다. 좀 복잡한 일이 있어서요."

한상훈 교수가 최대한 예의를 갖춰 말했다.

"오늘 아침에 해가 서쪽에서 떴나?"

"네?"

"아니, 천하의 한상훈 교수가 이렇게 나긋나긋한 목소리로 뭘 물어보니 말이야."

교함 교수가 퉁명스럽게 고개를 내저었다.

"아이고, 제가 그동안 교수님께 한참 밉보였나 봅니다."

허허, 한상훈이 멋쩍은 듯 헛웃음을 지었다.

"뭐, 딱히 이쁨 받을 짓을 한 건 아니지."

"하여간, 교수님도 여전하십니다. 솔직히 자주 찾아뵙고 고견을 듣고 싶었으나, 교수님이 워낙 김윤찬 선생님만 싸고 도시니까, 제가 낄 틈이 없었던 거죠."

"지금 펠로우 1년 차를 놓고 질투하는 건가?"

"하하하, 아닙니다! 오늘은 진짜, 교수님과 상의드리러 온 거지, 싸우려고 온 게 아니니까요."

한상훈이 정색하며 양손을 펼쳐 보였다.

"흠흠, 그래. 뭘 상의하겠다는 건가?"

"제가 맡은 부자경 환자 수술 때문에요. 워낙 까탈스러운 환자라 신경이 쓰여서요."

"그래? 무슨 수술인가?"

환자라는 말에 마지못해 고함 교수가 관심을 내비쳤다.

"네, 미트랄 수술입니다, 미트랄(승모판)이 완전히 너덜너덜해져서 말이죠. 도저히 약물로는 치료가 되지 않을 것 같습니다."

"상태가 그렇게 심각해?"

"네. 리거지테이션(폐쇄부전)이 있어서 이게 녹록지 않습니다. 좌심실도 장담할 수 없는 상황이라서요."

승모판 폐쇄 부전이 생기면 좌심실로 들어가고 나오는 혈관의 압력이 증가되어 좌심실에 부담을 주게 되고, 결국 좌심실 부전을 야기할 수밖에 없었다.

자칫 잘못했다가는 심부전으로 인해 심장이식을 해야 할 상황이 올 수도 있는 상황이었다.

"그렇다면 승모판을 갈아엎을 수밖에 없겠군."

"네, 그렇습니다."

"승모판 치환술이야 자네 전문 분야 아닌가?"

"뭐, 전문 분야까진 아니고요. 교수님보다야 못하지만 그래도 해 볼 만하긴 하죠."

"그럼 뭐가 문제야? 하면 되잖아?"

"그게…… 그 방법이 최선인 것 같은데, 문제가 좀 있습니다."

"어떤?"

한상훈의 문제라는 말에 고함 교수가 관심을 보이기 시작했다.

"아직 좌심실은 쓸 만하고, 워낙 환자 상태가 안 좋아서 색전증이나 심내막염, 그리고 출혈의 위험성이 너무 높습니다."

"출혈?"

"그렇습니다. 환자 혈액형이 RH−O형이라서요. 확보된 피가 많지 않아 대량 출혈이라도 생기면 곤란합니다."

"그거야 뭐, 혈액원과 공조하면 되지 않겠나?"

"네, 그도 그렇지만, 특히나 환자의 면역이 취약해서 감염성 심내막염에 쉽게 노출된다는 것이 더 큰 문제죠. 이 환자, 심장 박동기도 삽입되어 있는데, 심내막염이라도 걸리면 답 없습니다."

"음, 그렇다면 부작용을 최소화하기 위해서 미트랄(승모판)을 치환하지 말고 고쳐 써야 한다는 건가?"

"네, 바로 그겁니다. 제 판단으로는 미트랄을 교체하지 말고 수선하는 게 환자의 상태로 볼 때는 안전할 것 같습니다."

승모판을 인공 승모판으로 갈아 끼우는 건 그렇게 어려운 수술이 아니나, 기존의 승모판을 수선해 재활용하는 승모판 수선술은 또 다른 얘기였다.

수술 경험이 풍부한 판막 전문 써전이 필요한데, 그 분야 최고가 바로 고함 교수였다.

"그러니까 승모판 수선술에 대한 내 조언이 필요하다 이건가?"

"네, 그렇습니다. 그 분야 최고는 교수님이시니까요."

"흐음, 뭐 전문이라기보단 경험이 좀 많다는 정도지. 그렇다면 얘기가 길어질 듯하니, 차 한잔 하면서 얘기하자고."

한상훈이란 인간 자체에 대한 신뢰는 없으나, 그의 제안은 타당했기에 고함 교수가 더 이상 그를 경계할 이유는 없었다.

게다가 수술을 제대로 해서 환자를 살리겠다는데, 다른 이유가 끼어들 수 없는 일이었다.

"네, 교수님."

잠시 후.

"자, 마시게."

또르르, 고함 교수가 원두커피를 내린 후, 잔에 담아 한상훈에게 내밀었다.

"네, 잘 마시……."

쨍그랑.

고함 교수가 내민 머그잔을 받아 든 한상훈의 손아귀에서 잔이 미끄러져 바닥에 떨어지고 말았다.

"뭐야? 왜 그래?"

깜짝 놀란 고함 교수가 눈을 크게 떴다.

"죄, 죄송합니다. 며칠 전부터 오른손이 말을 듣질 않네요?"

한상훈이 난감한 표정을 지으며 팔목을 흔들어 보였다.

"손을 다친 겐가?"

"하아, 네. 얼마 전에 테니스를 치다가 그만 삐끗해서요. 파스 몇 장 붙이면 괜찮을 줄 알았는데, 점점 심해지네요?"

한상훈이 오만상을 찌푸리며 자신의 팔목을 주물럭거렸다.

"……손목 염증이나 인대가 파열된 것 아닌가?"

"글쎄요. 저도 오늘은 정형외과에 좀 가 보려고요. 처음엔 괜찮았는데, 오늘 아침부터는 볼펜 쥘 힘도 없습니다. 이게 왜 이러지?"

한상훈이 자신의 오른 손목을 주물거리며 아픈 표정을 지었다.

"흠…… 외과 의사한테 손이 얼마나 중요한데, 칠칠맞지 못하게."

쯧쯧, 고함 교수가 한심스럽단 표정으로 고개를 내저었다.

"죄송합니다. 제 불찰입니다."

"됐고! 그 손으로 집도는 할 수 있겠나?"

"이가 없으면 잇몸으로라도 해 봐야죠. 워낙 바쁘고 까탈스러운 환자라 수술을 연기할 수도 없습니다."

한상훈이 슬쩍 고함 교수의 눈치를 살피며 말했다.

"뭐 하는 사람인데?"

"글쎄요. 잘은 모르겠는데, 펀드매니저 일을 하는 사람인데, 하루에도 수백억을 주무르는 거물급이라고 하더라고요."

"수백억을 주무르는 사람의 심장은 철갑을 둘렀나? 수백억을 주무르든 서울역 지하 도로에서 노숙을 하든, 심장은 그저 250그램 남짓한 연약한 살덩어리야."

"그러니까요. 어떻게든 해 봐야죠."

"하여간, 사람하곤! 환자 심장이 애들 가지고 노는 장난감이야? 그런 손으로 무슨 수술을 한다는 거야?"

"어쩔 수 없지 않습니까? 수술 날짜는 잡혔고, 할 사람은 없잖습니까? 저도 답답해 죽겠습니다."

한상훈이 왼손으로 뒷머리를 긁적거렸다.

"……그래서 수술 날짜가 언제라고?"

"14일입니다."

"14일이면 내일모레 아닌가?"

"그렇습니다. 현재로선 딱히 대안이 없습니다."

"혹시, 이기석 교수나 윤필호 교수는 만나 봤나?"

"이기석 교수야 우리 병원 에이스 아닙니까? 1년 365일 수술 스케줄이 비는 날이 없고, 윤필호 교수님은 폐 쪽이면 몰라도 심장은 자신 없다고 하시면서 발을 빼시더라고요."

"윤필호 교수가?"

"그렇습니다."

"흐음, 그럴 리가 없는데……. 이 인간 많이 약해졌네?"

"그런가 봅니다. 윤 교수님도 연세가 좀 되시니 이것저것 걸리시겠죠."

"하아, 난감한데. 잠시만 기다려 봐. 내 스케줄 좀 살펴볼 테니까."

"네, 그렇게 하십시오."

틱틱틱, 컴퓨터를 열고 자신의 스케줄을 확인해 보는 고함 교수.

"나도 힘들 것 같은데? 그날, 캐비지(관상동맥 우회술)가 잡혀 있어."

모니터를 빤히 응시하더니, 고개를 내저으며 입술을 잘근거렸다.

"괜찮습니다. 제가 교수님께 신세 지려고 한 게 아니라……."

"아니긴 뭐가 아니야? 그 손으로 무슨 수술을 한다는 거야?"

"진통제를 맞고라도 해야죠."

"환자 잡을 일 있나?"

"그러면 환자는 어떡합니까?"

"하아, 그건 내가 방법을 찾아볼 테니까, 한 교수는 손목 치료부터 받아. 투수가 어깨 고장 난 거랑 뭐가 달라! 그런 몸으로 어찌 투구를 하누."

"네에, 면목 없습니다, 교수님."

한상훈이 고개를 숙였다.

"괜찮아! 앞으로 조심하면 돼. 그나저나 이 일을 어쩐다?"

정작 주치의인 한상훈보다 더 걱정스러운 표정의 고함 교수였다.

그렇게 진퇴양난에 빠진 두 사람이 한참 골머리를 썩고 있던 어느 순간, 한상훈이 조심스럽게 입술을 뗐다.

"이번 수술, 김윤찬에게 맡겨 보면 어떻겠습니까?"

"뭐라고? 겨우 펠로우 1년 차에게 수술을 맡기자고?"

"네, 그렇습니다."

"미쳤군! 자네, 지금 제정신인가? 그걸 말이라고 해?"

고함 교수가 발끈하며 자리에서 벌떡 일어났다.

"교수님, 진정하시고 제 말 좀 들어 보십시오."

한상훈 교수가 일어나 고함 교수의 옷소매를 잡아끌었다.

"더 이상 할 말 없어! 내가 자네 속셈을 모를 줄 아나?"

고함 교수가 한상훈 교수를 경멸스럽다는 눈빛으로 응시했다.

“제 속셈이요? 무슨 속셈이라는 겁니까?”

한상훈 교수가 아무렇지 않은 듯 능글맞게 대응했다.

“지금 김윤찬의 손에 메스를 쥐여 준다는 게 말이 된다고 생각하나? 능력 있는 후배 하나 못 잡아먹어서 안달이 난 거 모를 줄 알아?”

“어휴, 무슨 그런 험악한 말씀을 하십니까?”

“그럼 아니야? 걔한테 무슨 집도를 맡겨?”

“안 될 건 뭐가 있습니까? 그동안 김윤찬 선생이 보여 준 게 있지 않습니까? 다른 거 다 제외하고 오로지 수술 실력으로만 놓고 본다면 못 할 것도 없지요.”

한상훈 교수가 눈 하나 깜박이지 않고 고함 교수를 쳐다봤다.

“뭐라? 이제 고등학교 갓 졸업한 유망주를 한국 시리즈 7차전 마운드에 올려 세우겠다는 거랑 뭐가 달라? 미친 짓이라고.”

“류현진은 신인 때부터 에이스였습니다. 류현진 정도의 구위면 한국 시리즈가 아니라, 올림픽 결승전이라도 올려야죠.”

“터진 입이라고 말 함부로 하지 마!”

“교수님, 김윤찬 선생이라면 해낼 수 있을 거라 생각합니다. 아니, 반드시 해낼 겁니다.”

“하하하, 웃기는군. 이런 걸 두고 고양이가 쥐 생각해 준다고 하는 건가? 그러다 실패하면?”

"실패를 왜 합니까, 제가 같이 들어갈 텐데요?"

한상훈이 어깨를 들썩거렸다.

"같이 들어가, 한 교수가?"

"네, 그렇습니다. 제가 퍼스트로 같이 들어가겠습니다. 만에 하나 문제가 생기더라도 제가 옆에 있으면 낫지 않겠습니까?"

"……좋아, 다 좋아. 자네가 아닌 여타의 다른 교수들이라면 그럴 수 있다고 치지. 하지만 자네는 김윤찬 선생을 못마땅하게 생각하지 않는가? 아니, 그 정도가 아니라 못 잡아먹어서 안달이나 있지."

"그렇습니다. 잡아먹을 수 있다면 잡아먹고 싶죠."

후후후, 한상훈이 특유의 비릿한 미소를 입가에 흘렸다.

"그러니까. 지금도 윤찬이를 망치려고 이러는 거 아니야?"

"옛말에 사람은 미워하되 죄는 미워하지 말라는 말도 있지 않습니까?"

"그게 무슨 개소리야? 거꾸로 된 거 아냐?"

"아뇨, 제대로 말했습니다. 전 김윤찬이란 인간 자체가 싫습니다."

"그러니까, 그래서 이러는 거 아니냐고!"

고함 교수가 짜증 섞인 목소리로 말했다.

"인간은 싫지만 그 실력은 존중합니다. 지금 우리 흉부외과 꼬라지를 좀 보십시오. 수련의들 씨가 말랐어요."

"그래서?"

"교수님은 모르시겠지만, 제가 학교에 가서 얼마나 난리 블루스를 추는지 아십니까? 핏덩이들한테 관심 좀 끌어 보려고요!"

한상훈이 정색하며 고함 교수에게 대들었다.

"……놔둬, 다들 배가 불러서 그래. 이 없으면 잇몸으로 가는 거야. 싫다는 놈들 억지로 손에 메스 쥐여 줘 봐야 다들 살인자들이 될 뿐이야."

"그러니까요. 그러니까 스타를 만들어 한다는 겁니다. 김윤찬이 스포트라이트를 받고, 매스컴에 오르락내리락하고 병원에서 인정을 받아야 할 것 아닙니까?"

"……정말 그게 이유야?"

그제야 고함 교수가 일말의 관심을 보였다.

"그렇습니다. 교수님 말대로 김윤찬이라는 이름 석 자만 들어도 이가 갈립니다. 가능하다면 이 병원에서 쫓아내 버리고 싶은 게 솔직한 심정입니다."

"……."

"하지만 먼저 제가 살아야지요. 그래서 그럽니다. 흉부외과가 살아야 저도 월급 받고 살 수 있으니까요. 얼마나 사람이 없으면 그 시골구석에 처박혀 있던 나기만 선생 같은 의사를 구걸해 데리고 왔겠습니까?"

"흐음……."

여전히 망설이는 고함 교수. 하지만, 한상훈의 말이 전혀 일리가 없는 건 아니었기에 딱히 반박할 수는 없었다.

"지난 정선분원 일도 그렇고, 인정하고 싶진 않지만 김윤찬 선생이 출중한 능력을 지녔다는 건 다 아는 사실 아닙니까. 그 능력을 마케팅에 활용하자는 건데 뭐가 나쁩니까?"

"그래도 이건 환자에 대한 예우가 아니잖나?"

"제가 들어간다고 하지 않았습니까? 아무 문제 없을 겁니다. 김윤찬 정도의 술기면 제가 옆에서 가이드만 해 주면 반드시 성공할 겁니다."

"그렇긴 한데……."

고함 교수가 난감한 듯 입술을 잘근거렸다.

"제발! 김윤찬만 생각하지 마시고, 우리 흉부외과 전체를 생각해 주십시오. 이번에 모든 수술 과정을 동영상으로 제작해 주요 대학에 마케팅 자료로 쓰려 합니다. 확실한 효과가 있을 겁니다! 능력만 있다면 펠로우급이라도 메인 집도의가 될 수 있다는 것! 이게 우리나라 현실에서 가능한 겁니까? 소설이나 영화에서나 나오는 거죠. 그걸, 우리가 한번 해 보자는 겁니다."

한상훈 교수가 두 주먹을 불끈 쥐며 열변을 토해 냈다.

"……좋아, 우리 생각은 그렇다 치고 김윤찬이 이 제안을 받아들이겠나?"

"받아들일 겁니다."

"받아들여? 어떻게 그렇게 확신할 수 있지?"

"일단 이 환자, 미트랄 폐쇄부전을 밝혀낸 것도 김윤찬입니다."

"정말이야?"

고함 교수가 깜짝 놀란 표정을 지었다.

"네, 그렇습니다. 몇 가지 징후만 가지고 미트랄이 나간 걸 알아낼 정도면, 충분히 맡길 만하다고 생각합니다. 게다가 수술에 대한 욕심이 많은 친구라, 기회만 된다면 자기 손으로 수술을 하고 싶을 겁니다."

"……음, 좋아. 긍정적으로 검토해 보지."

"네, 감사합니다. 다만……."

"다만 뭐?"

"제 위치상 김윤찬 선생을 집도의 자리에 앉힐 권한이 없습니다. 결국, 실질적인 진료과장님이신 교수님께서 이 모든 걸 책임져 주셔야 할 것 같습니다. 하실 수 있겠습니까?"

한상훈이 뱀의 시선으로 고함 교수를 쳐다봤다.

"……알았어. 그건 내가 알아서 할 테니까, 한 교수 자네는 자네 손목이나 빨리 원상 복구시켜 놔. 퍼스트 자리도 그 손 가지고는 무리가 있으니까."

"네! 그렇지 않아도 당장 정형외과에 가려고 했습니다."

"알았어. 일단 내가 김윤찬 선생을 만나 보도록 하지."

"네, 교수님. 그럼 전 그렇게 알고 이만 물러가도록 하겠습니다."

"알았어. 가 봐."

드르륵.

한상훈 교수가 잠시 멈칫거리더니, 오른손으로 손잡이를 돌리려다 왼손으로 돌려 밖으로 나갔다.

'내 참! 김윤찬 이 새끼는 점쟁이야, 박수무당이야? 한상훈이 찾아오리라는 걸 어떻게 안 거야?'

틱틱틱, 고함 교수가 키보드를 두드리며 구시렁거렸다.

어젯밤.

"그러니까 네 말은 한상훈이가 날 찾아올 거란 거지?"

"네, 그렇습니다."

"그 인간이 왜 날 찾아온다는 거지?"

"교수님께 14일 부자경 환자의 수술 의뢰를 하러 올 겁니다."

"나한테 수술 의뢰를 한다고?"

"그렇습니다."

"어이없군. 그날 난 캐비지가 있는데? 내가 함부로 내 환자를 버릴 사람으로 보이나?"

고함 교수가 불편한 심기를 여과 없이 드러냈다.

"당연히 아니죠."

"그런데도 나를 찾아와? 게다가, 그 자존심 센 인간이 자기 환자를 나한테 맡긴다고? 설마 그럴 리가 있나?"

고함 교수가 반신반의하는 눈치였다.

"교수님이 그 수술을 맡지 못한다는 걸 알고 있으니까 찾아오겠죠."

"뭐야, 그 개소린?"

"아마, 저한테 수술을 맡기려고 할 겁니다."

"돌았나? 펠로우 1년 차한테 미트랄 폐쇄부전을 맡기라고? 그러다가 잘못되면?"

"그게 바로 한상훈 교수가 원하는 거니까요."

"미친놈! 아무리 네가 밉다고 환자를 가지고 장난을 치겠다는 게 의사야? 이 새끼 손모가지를 확 분질러 버릴까 보다."

고함 교수가 씩씩거리며 분노했다.

"그러니까 한상훈 교수가 하자는 대로 허락해 주십시오."

"뭐야? 정말, 네가 수술방이라도 들어가겠다는 거야?"

"들어가야죠, 당연히."

"……좋아, 다 좋아. 네 녀석이 남들에 비해 실력이 뛰어나다는 건 인정해. 아니, 수술을 잘 해낼 수도 있겠지. 하지만 이건 아니야. 최소한 환자에 대한 예의가 아니지."

"어떻게든 수술만 잘하면 되는 거 아닙니까? 환자만 살려 낸다면요."

"그거야 당연하지. 그런데 그걸 어떻게 장담하냐고?"

고함 교수가 당황한 듯 눈을 동그랗게 뜨며 말했다.

잠시 후.

"……음, 결국 그렇게 하겠다는 건가?"

한참 동안 김윤찬의 얘기를 듣고 난 고함 교수가 고개를 끄덕였다.

"네, 그렇습니다."

"좋아, 뭐 상황이 그렇게 된다면 뭐, 못 할 것도 없지. 자네 말대로 그렇게 하자고. 한상훈이 뭐라고 지껄이든 제안을 받아들이면 되는 건가?"

"네, 그래 주십시오."

"알았어. 그렇게 함세."

고함 교수가 알겠다는 듯이 고개를 끄덕였다.

8층 하늘공원.

나기만이 커피 한잔 하자며, 나를 하늘공원으로 불러냈다.

공원에 올라가니 나기만이 싸구려 자판기 커피 두 잔을 들고 서 있었다.

"어서 와, 김윤찬 선생!"

나를 보자마자 나기만이 반갑게 맞아 주었다.

"네, 무슨 일로 저를 보자고?"

"뭐가 그렇게 바빠? 한숨 돌리자고 불렀어."

"아, 네."

"그나저나 내가 워낙 병원 이곳저곳을 돌아다녀 봐서 아는데, 연희병원 자판기 커피가 최고야, 최고! 굿이라고."

나기만이 내게 커피를 넘겨주었다.

"잘 마시겠습니다."

"정말, 부자경 환자 수술 할 거야?"

그렇게 커피를 마시는 사이, 나기만이 조심스럽게 내 의중을 물었다.

뭐야, 자기가 전부 꾸민 시나리오면서?

"뭐, 좋은 기회가 될 것 같군요. 언제 미트랄 폐쇄부전 수술을 해 보겠습니까?"

"쉽지 않은 수술일 텐데?"

나기만이 커피를 홀짝이며 나를 힐끗거렸다.

"맹장 수술도 어렵긴 마찬가지입니다. 매도 먼저 맞는 게 낫다고, 이번 기회에 잘 해 보려고요."

"끝까지 해 보겠다는 건가?"

"의사로서 당연히 해야죠."

"지금이라도 늦지 않았어. 한 교수님한테 가서 못 하겠다고 하는 게 어때? 괜한 만용 부리지 말고. 그러다가 잘못되면 이 모든 책임을 김윤찬 선생이 져야 한다고."

"고양이 쥐 생각해 주시는 겁니까?"

"어느새 내가 고양이가 된 건가? 난, 아직도 쥐만도 못하다고 생각하고 있었는데?"

"워낙 적응력이 뛰어나시니까요."

"좋아. 김윤찬 선생, 뭐 하나 물어보지. 내가 한상훈 교수의 개로 보이나?"

"글쎄요."

"글쎄라……. 부정하지 않는군."

"긍정도 하지 않았습니다."

"그 말은 개가 될 수도, 아닐 수도 있다는 건가?"

"아뇨, 전 별로 관심이 없습니다."

"나 따위는 머릿속에 없다는 뜻인가?"

"알아서 해석하십시오."

"그렇군. 그나저나 마지막으로 충고 하나 하지. 지금이라도 늦지 않았어. 못 하겠다고 해. 괜히 자존심 때문에 호기부리다가 다치지 말고."

"제가 다치길 바라잖습니까?"

"후후후, 똑똑한 사람인 줄 알았는데 어리석은 데가 있구먼."

"그건 제가 알아서 합니다."

"뭐, 그렇다면 할 수 없지."

"더 하실 말 없으면 저 들어가도 되겠습니까? 제가 한가하게 커피나 홀짝거릴 팔자가 아니라서요."

"물론이야. 들어가."

"네, 커피 잘 마셨습니다."

"아! 김윤찬 선생?"

"네?"

그렇게 헤어지려는 찰나, 나기만이 내 발걸음을 멈춰 세웠다.

"내일 수술, 전 과정을 녹화한다고 하더군?"

녹화를 한다는 것.

만약에 수술이 잘못될 경우, 이 모든 책임을 고함 교수와 내게 전가하겠다는 일종의 협박이자 확실한 증거를 남기겠다는 뜻이리라.

"아! 네, 그렇군요! 그렇다면 간만에 얼굴 팩 좀 하고 자야겠네요. 요즘 날씨가 차서 그런지, 피부가 푸석푸석해져서요."

화면빨이 잘 받아야 할 텐데…….

스크럽대.

쏴아~.

슬리퍼를 질질 끌고 스크럽대에 도착한 한상훈이 발로 밸브를 밟자 물이 쏟아져 내렸다.

♩♬♬♩.

흥얼흥얼, 한상훈이 오른손에 세척 솔을 들고 왼손을 벅벅 문지르며 콧노래를 불렀다.

"교수님, 좋은 아침입니다."

"오! 김윤찬 집도의!"

내가 모습을 드러내자 한상훈이 과도한 액션을 취했다.

"오른손은 괜찮으신가 봐요?"

쏴아, 내가 밸브를 발로 누르며 물었다.

"어? 어, 어, 많이 좋아졌어."

순간, 당황한 한상훈이 말을 더듬었다.

"그러면 교수님이 직접 집도를 하셔도 되지 않을까요?"

난 은근슬쩍 한상훈의 속내를 떠봤다.

"아, 아냐, 아직도 팔이 얼얼해. 지금 상태로는 불가능하지."

한상훈이 손목을 돌려 보며 미간을 찌푸렸다.

"아……."

"그건 그렇고, 좋은 꿈 좀 꿨나?"

"좋은 꿈이요?"

"그래, 오늘 역사적인 날이 될 거야."

"너무 거창한데요?"

"아니지! 미트랄 수선술이 아무나 할 수 있는 수술이 아니잖아. 전 과정이 비디오에 담겨 각 학교 흉부외과로 나갈 걸세. 분명, 흉부외과계의 새로운 지평을 열 거야."

"뭐…… 그렇게까지."

"아니지! 나 역시 기대가 커. 지금까진 말로만 들었던 자네의 술기를 바로 옆에서 지켜보게 되었잖나."

한상훈이 연신 입에 발린 말을 내뱉었다.

"뭐, 최선을 다하겠습니다."

"그래그래. 나도 옆에서 최선을 다해 보좌토록 하겠네!"

한상훈이 타월로 물기를 닦아 내며 말했다.

"그러실 필요 없을 것 같은데……."

"하하하, 이 친구! 자신만만하구먼. 좋아! 집도의는 그런 자신감이 있어야 해. 아무튼, 잘해 보자고."

"네, 최선을 다하겠습니다."

"그래, 먼저 들어갈 테니까 준비되는 대로 수술방으로 오라고."

한상훈이 나를 향해 엄지를 추켜세웠다.

"네, 곧 들어가겠습니다."

수술방.

언제나 그랬듯이 부산하게 움직이고 있는 수술방 스태프들.

체외 순환기사들은 환자를 대신할 펌프를 점검하고 있었고, 전신마취를 끝낸 마취과 박 교수는 환자의 활력 징후를 체크하고 있었다.

모두들 각자 자신들이 맡은 영역에서 최선을 다하며 수술 준비를 하고 있었다.

"굿모닝!"

한상훈 교수가 밝은 표정으로 수술방 안으로 들어왔다.

"교수님, 오셨습니까?"

"네네, 다들 식사들은 하셨습니까?"

수술방에서 웬 식사 타령.

"아, 네. 간단하게 먹고 왔습니다."

메인 스크럽 간호사 이상은이 어색한 미소를 띠었다.

"저런! 든든하게 먹어야죠. 수술 시간이 최소한 5시간은 걸릴 텐데?"

"아…… 네."

평소에 수술방에선 극도로 예민해져 말 한마디도 꺼내지 않었던 그였기에 간호사들의 표정에서 적잖이 어색한 기운을 읽을 수 있었다.

"한 교수, 오늘 컨디션 좋은가 봐?"

모니터를 보며 부자경의 바이탈을 체크하던 박 교수가 물었다.

“당연하지. 오늘은 우리 CS(흉부외과)의 기념비적인 날이 아닌가?”

“……뭐, 쉽지 않은 수술이긴 하지만 기념비적이라고 말할 거까지 있겠나?”

박 교수가 고개를 갸웃거렸다.

“아니지, 당연히 역사적인 순간이지! 이봐, 윤상국 선생! 비디오 촬영 준비는 완벽하지?”

한상훈이 영상 촬영을 준비 중이던 레지던트 윤상국을 힐끗거렸다.

“네, 차질 없이 준비해 뒀습니다.”

“그래요! 이제 우리 집도의님만 영접하면 되겠군요! 어디 보자, 윤수연 선생, 아이는 잘 크죠? 지난 돌잔치 때 가지 못해 미안해요! 어떻게든 시간을 내보려고 했는데, 그날 너무 바빠서…….”

사소한 실수에도 쌍욕을 박아 대며 노발대발했던 그가 수술방에서 덕담이라니…….

“아, 네. 잘 커요.”

“아들이죠?”

“아, 아니, 딸인데요?”

“아! 미안, 미안. 제가 착각을 했나 봅니다, 허허허.”

뭐가 그리 좋은지 한상훈이 환하게 웃었다.

지이이잉.

그렇게 수술 준비가 완벽하게 갖춰질 즈음, 수술방 문이 열리고 내가 들어갔다.

"어서 와, 김윤찬 선생!"

제일 먼저 한상훈이 날 맞이해 주었다.

"네, 교수님!"

"하하하, 여전히 집도의 자리가 어색한가 보군. 이쪽으로 와. 거긴 조수 자리잖아?"

내가 제2조수 자리 쪽으로 향하자 한상훈 교수가 너털거렸다.

"무슨 말씀이십니까? 제가 집도의라뇨?"

"아이고, 괜찮아. 오늘의 주인공은 김윤찬 선생이야. 어색해할 필요 없다고."

"네? 저도 괜찮은데?"

"어허, 이만하면 충분히 겸손했어. 환자 앞에서 이게 무슨 결례인가? 더 하면 예의에 어긋나는……."

지이이잉.

그 순간, 또다시 열리는 수술방 자동문.

양팔을 들어 올린 건장한(?) 체구의 남자가 수술방 안으로 들어왔다.

"누, 누구십니까?"

한상훈은 아직 그가 누구인지 분간을 하지 못하는 모양이었다.

"누구면? 어쩌려고? 이상은 선생! 뭐 해, 장갑 안 씌우고? 나 팔 떨어져 나가겠어."

"아, 네, 교수님!"

걸걸한 목소리.

수술방에 모인 모든 사람은 단번에 그가 누군지 알 수 있었다.

"교, 교수님이 여길 어떻게?"

한상훈 역시 그제야 고함 교수인 걸 눈치챈 모양이었다.

"왜? 의사가 수술방에 들어온 게 잘못인가? 뭘 그렇게 여자 화장실 들어간 남자 보듯 해?"

"아뇨, 조금 당황스러워서요."

한상훈이 어이없다는 듯이 눈만 깜박였다.

"자네가 이 수술 나한테 해 달라고 부탁하지 않았던가?"

"그렇긴 한데……. 이게 어떻게 된 거지?"

"뭐가 어떻게 돼, 써전이 수술하겠다는데. 그나저나 자네 오른손 멀쩡한가 보네? 그거 꽤 무게가 나갈 텐데?"

고함 교수가 턱짓으로 스터넘 소우(흉골 절개용 전기톱)를 가리켰다.

"아니…… 그게 아니라……. 오늘 집도는 김윤찬 선생이 한다고 하……지 않았나요?"

고함 교수의 말은 듣는 둥 마는 둥 한상훈 교수가 당혹감을 감추지 못했다.

"아니지. 지금 자네 오른팔에 힘줄 툭툭 튀어나온 거 보니까, 역기도 들어 올리겠는걸. 우리 병원 정형외과 실력이 뛰어난 거야, 아니면 자네가 나한테 거짓말을 한 건가?"

"네?"

스터넘 소우를 들고 있던 한상훈의 손이 파르르 떨렸다.

"뭘, 농담을 그렇게 다큐로 받아들이나? 설마, 자네 같은 베테랑이 이깟 수술이 두려워 그런 애들이나 하는 거짓말을 했겠어? 안 그런가?"

고함 교수가 능청을 떨며 목소리 톤을 높였다.

"아…… 네. 지, 지금 진통제를 맞고 와서 좀 괜찮아진 것 같습니다."

당황한 표정의 한상훈 교수가 어금니를 악다물며 슬그머니 스터넘 소우를 내려놓았다.

"어이쿠, 진통제 투혼까지? 역시 자네는 우리 흉부외과의 기둥이야. 그래, 이제 수술 준비 다 된 것 같으니까, 시작하자고. 그나저나 자네, 퍼스트에 설 수 있겠어? 좀, 피곤해 보이는데?"

집도의석에 자리를 잡은 고함 교수가 물었다.

"후우, 네, 하겠습니다."

"그 손으로?"

또다시 한상훈의 오른손을 가리키는 고함 교수.

"할 수 있다고욧!"

한상훈이 자기도 모르게 목소리 톤을 높였다.

"좋아, 언제든지 힘들면 김윤찬이하고 자리 바꿔. 그러려고 김윤찬 선생 데리고 온 거니까."

"교수님, 제가 할 수 있다고 했습니다!"

고함 교수의 말에 한상훈이 입술을 꽉 깨물었다.

"어휴, 알았어요. 눈에 힘 풀어요. 그러다 고글 밖으로 눈알 튀어나오겠네."

"……."

부르르, 뜻밖의 상황에 한상훈이 분을 삭이지 못했다.

"윤수연 선생, 오늘 비디오 촬영이 있다고 해서 어제 오이 몇 개 붙여 봤는데, 어때? 이마랑 눈 밑 주름 좀 옅어졌나?"

"어휴, 교수님! 오이 팩 몇 번 했다고 그게 사라지나요?"

"그런가? 그나저나 우리 딸랑구는 잘 크지?"

"그럼요."

"그렇구먼. 자 자, 오늘도 최선을 다해 환자 살려 봅시다!"

"네!"

"이번 수술은 미트랄 폐쇄부전으로……."

고함 교수가 한상훈은 아랑곳하지 않고는 우렁찬 목소리로 수술 과정을 브리핑하기 시작했다.

'이, 이게 어떻게 된 거야?'란 표정으로 이 상황에 적응하지 못하고 있는 단 한 사람, 한상훈 교수만이 벌게진 얼굴로

비 오듯이 땀을 흘리고 있었다.

♥

며칠 전.

"교수님, 지청영 환자 수술을 연기해야 할 것 같습니다."

"수술을 연기해?"

"그렇습니다. 지청영 환자 캐비지는 위험합니다. 펌프 돌리는 건 리스크가 너무 큽니다."

"위험하다? 무슨 근거지?"

"세리브럴 애퍼플렉시(뇌일혈) 전조 증세가 보입니다."

"뇌일혈이라고? 검사상 아무 문제가 없었어. 가족력도 없다고 확인된 걸로 아는데?"

"네, 그렇긴 하지만 경미하게나마 증세가 보였습니다."

"자네가 그걸 확인했다는 건가?"

"네."

"좀 더 자세히 설명해 봐. 내가 알아먹을 수 있게. 혈압도 정상인 걸로 알아."

고함 교수가 눈매를 좁히며 관심을 보였다.

"일반적으로 고혈압은 뇌출혈과 관계가 깊지만 세리브럴 트롬보시스(뇌혈전)나 세리브럴 앰볼리즘(뇌색전)은 고혈압과는 관계가 없습니다."

"그거야 그렇지."

"음식을 먹을 때, 침을 잘 흘리더군요."

"음, 그래서?"

"보호자에게 여쭤보니 워낙 깔끔하고 차분한 성격이라 그런 적이 없다고 했습니다."

"침을 잘 흘린다?"

"그렇습니다. 게다가 신문을 보는데 눈을 찌푸리면서 보더라고요."

"그래?"

"네. 그것도 확인해 보니, 시력이 나쁜 편이 아니더라고요. 환자한테 확인해 보니 시야의 한쪽이 어둡게 보인다고 했습니다. 환자는 단지 노안이 와서 그런 것 같다고 하지만, 노안하고는 차원이 달랐습니다. 일반적으로 후두엽(대뇌의 가장 뒷부분)에 뇌졸중이 생기면 나타나는 현상 아닙니까?"

"음…… 자네 말이 맞다면 전신마취 후 펌프 돌리면 이거 치명적이지 않은가?"

"그렇습니다. 저산소증 허혈성 뇌 손상을 우려하지 않을 수 없습니다. 일단, NS(뇌신경외과)에 의뢰해서 검사부터 받아봐야 할 것 같습니다."

"음……. 자네 말이 맞다면 생각보다 심각한데? 그렇다고 캐비지를 마냥 미룰 수도 없는 일 아닌가? 관상동맥 세 군데가 막힌 환자인데?"

고함 교수가 걱정스러운 표정으로 물었다.

"변태석 교수님이 계시지 않습니까?"

"심장내과에 맡기자고?"

"그렇습니다. PCI(경피적 관상동맥 중재술)를 하시면 됩니다. 외람된 말씀이지만, 지청영 환자의 경우는 개흉 수술보단 PCI가 훨씬 더 안전성이 높다고 생각합니다."

"음…… 우리 외과가 심장내과에 수술을 양보하자고?"

고함 교수의 눈썹이 꿈틀거리는 것으로 볼 때, 조금은 심기가 불편한 듯했다.

"그렇습니다. 지난번 일로 변태석 교수님의 입지가 좁아지시지 않았습니까? 이번 기회에 교수님이 힘을 좀 실어 주십시오. 심장내과는 경쟁 관계가 아니라, 상생 관계여야 하지 않습니까?"

"……음, 그렇긴 하지. 지난번에도 변 교수가 무작정 버텼으면, 일이 어려울 뻔했어."

"네, 그렇습니다. 이번 일을 계기로 심장내과와 흉부외과의 케케묵은 악습은 털어 버리고 공동 협진 체제로 전환하시죠."

"단순히 그런 문제만은 아니야."

"네, 그렇습니다. 물론, 단순히 그런 차원의 문제가 아니겠지요. 하지만 지청영 환자에겐 PCI가 훨씬 더 효과적이란 믿음엔 변함이 없습니다."

"음, 좋아! 일단 NS에서 트랜스퍼시키고 검사부터 받아보자고. 윤찬이 네 말대로 뇌졸중 가능성이 있다면 당연히 수술은 연기해야겠지."

흐음, 고함 교수가 고개를 끄덕였다.

"만약 제 예상이 맞다면 부자경 환자 수술을 맡아 주십시오."

"후후후, 그래서 한상훈 교수가 오면 무조건 제안을 받아들이라고 했나?"

"네, 그렇습니다."

"그런데 한상훈이 나한테 제안을 한다는 보장이 어딨지?"

"아마도 할 겁니다. 반드시!"

"음, 알았네. 좋아. 노파심에 하나 더 묻지. 이번 지청영 환자 수술을 연기하자는 것과 한상훈 교수가 연관되어 있는 건 아니겠지?"

"교수님! 저 교수님 제자입니다. 그럴 리가 있겠습니까?"

"말하는 것하곤! 알았어, 최대한 빨리 검사해 보자고."

허허허, 고함 교수가 만족한 듯 환하게 웃었다.

고함 교수의 수술에 실수란 있을 수 없었다. 고함 교수는 이미 너덜너덜해진 미트랄(승모판)을 정교하게 재생시켰으며 완벽하게 수선했다.

명불허전이란 말이 괜히 나온 게 아니었다.

"한 교수! 정신 안 차려? 지금 무슨 생각을 하고 있는 거야? 당장, 김윤찬 선생이랑 자리 바꿔!"

반면에 닭 쫓던 개 지붕 쳐다보는 격이 되어 버린 한상훈 교수.

멘탈이 완전히 붕괴된 그는 평소라면 하지 않았을 실수를 연발했고, 수술방에 설치된 캠코더는 빠짐없이 그의 실수를 담아냈다.

자기가 판 무덤에 자기가 빠진 꼴. 어쩌면 나기만이 파 놓은 함정에 빠진 것일지도 모르겠지만.

"꿩 대신 닭인가? 뭐, 그것도 나쁘지는 않지. 이쯤 되면 팔다리 한 개 정도는 잡아 놓은 게 되는 건가?"

나기만이 부자경 환자 시술 장면 녹화 화면을 유심히 지켜보고 있었다.

"여보, 이쪽으로 좀 와 봐!"

나기만이 자신의 아내를 향해 손짓했다.

"왜?"

"당신, 영상 편집 좀 해 봤다고 했지?"

"응, 옛날에 영상 편집 일을 했다고 했잖아."

"그래? 잘됐네. 여기 이 사람 얼굴 잘 안 나오잖아? 그치?"

나기만이 화면 속 한상훈을 가리켰다.

"그러네?"

"이거 좀 더 선명하게 나오게 할 수 있어? 가슴팍에 이름표도 좀 흐린데?"

"음…… 가능할 것 같긴 한데? 근데 이분, 당신이 모시고 있는 교수님 아니야?"

"맞아, 그러니까 더 선명하게 나와야지. 각 학교 흉부외과에 다 돌릴 건데."

나기만이 입가에 만족스러운 미소를 띠었다.

"아……."

"그럼 부탁해."

"알았어. 한번 해 볼게."

일주일 후.

부자경 환자 병실.

고함 교수의 완벽한 수술에 특별한 부작용은 없었다. 수술 후 일주일이 지난 지금 부자경은 빠른 속도로 회복하고 있었다.

"선생님, 정말 감사합니다! 선생님 덕분에 저, 지옥 문턱까지 갔다가 살아 돌아왔어요."

누가 들으면 수술이 잘돼서 감사하는 줄 알았으리라.

"다행이네요."

"네네, 그날 제가 퇴원했더라면 진짜! 와! 저 완전 파산당할 뻔했어요. 리먼이 무너지다뇨? 그 천하의 리먼이 말이에요."

휴우, 부자경이 사방에 침을 튀겨 가며 안도의 한숨을 내쉬었다.

서브프라임 모기지와 파생 상품의 실패로 파산한 리먼 브라더스. 이 투자회사를 통해 수천만 불짜리 파생 상품에 투자하려 했던 부자경이었다.

그런데 내 덕분에 투자자와의 미팅이 무산되었으니, 당연한 반응 아니겠는가?

(※ 본 글에 등장하는 리먼 브라더스 사태는 글의 전개 편의상 실제 사건과 시점을 달리 설정해 서술하였습니다.)

"운이 좋았습니다."

"네네, 정말 운이 좋았어요. 하늘이 절 살리려고 선생님을 제게 보냈나 봅니다. 투자자 잡아서 자금 밀어 넣었으면, 전 아마……. 어휴, 생각하기도 싫군요."

"다행입니다."

"선생님! 제가 무례하게 굴었다면 용서하십시오."

"아뇨, 괜찮습니다. 다만, 돈도 돈이지만, 환자분은 아주 위험한 수술을 하신 분이십니다. 이번 일을 계기로 좀 쉬시면서 건강을 회복하십시오. 지금 환자분의 몸엔 시한폭탄 하나가 들어가 있는 거라고 생각하시면 됩니다."

"네에, 명심하겠습니다."

"네, 다만 그 시한폭탄은 잘만 관리하면 절대로 터지지 않으니까 너무 걱정 마시고요."

"네네, 선생님은 제 은인이나 다름없습니다. 심장도 돈도 전부 선생님이 살려 주셨습니다, 이 은혜는 절대로 잊지 않겠습니다."

"은혜까진 아니고요. 관리 잘하셔서 건강해지시면, 저는 만족합니다."

"아뇨, 전 절대로 신세 지고는 못 사는 성격입니다. 아무튼, 뭐든 선생님이 원하시는 건, 다 들어드리겠습니다."

후후후, 뭐 그렇게까지 하겠다는데 굳이 사양하는 건, 예의에 어긋나는 거겠지?

"뭐, 그게 편하시면 그렇게 하십시오."

"네네, 감사합니다, 선생님!"

꽉, 부자경이 상기된 표정으로 내 손을 움켜쥐었다.

한 달 후.

-코드 블루, 코드 블루. 원내에 계시는 흉부외과 선생님들은 즉시 응급실로 내려와 주시기 바랍니다.

하루에도 수차례 울리는 안내 방송.
관상동맥이 막혀 생명이 위급한 환자.
대동맥이 찢어져 한시가 급한 환자.
복부 대동맥이 막혀 배가 산처럼 부풀어 오른 환자 등.
흉부외과를 찾는 환자들은 항상 시한폭탄을 가슴에 품은 초응급 환자였다.
그래서 모든 사람들은 흉부외과를 기피했다.
하지만 난 너무나 자랑스럽다.
아무나 심장을 만질 수 있는 것이 아니기에.
심장은 헌신과 사랑과 사명감을 가진 우리들에게만 자신을 허락하니까.
며칠째 당직을 서고 있는지 모르겠다. 한 달째 풀당.
펠로우가 돼서도 레지던트 때와 별반 다를 것이 없었다.
뭐, 이미 알고 있는 일이긴 했지만.
하지만 이번 달은 유난히 힘들고 고되다. 아마, 해골만 눕힐 수 있는 곳이라면 가시밭에서도 꿀잠을 잘 수 있을 것 같다.

흰 눈 사이로 썰매를 타고♩♬

연말이 다가오자 거리마다 크리스마스 캐롤이 울려 퍼지고 사람들은 각종 모임에 들떠 있었지만, 우린 그런 낭만을 즐길 여유조차 없었다.

–너, 내일 오프지?

어느 날 뜬금없이 택진이한테서 연락이 왔다.

"이택진, 네가 웬일이야?"

–웬일이고 뭐고, 내일 대학 동창회 한다고 하더라? 거기나 가 보지? 너, 작년에도 불참했잖아.

"싫다. 그냥 잠이나 잘래."

–누가 자지 말래? 저녁이니까 낮에 실컷 자고 가 보라고. 인마, 자꾸 이렇게 따로 놀면 왕따 되는 거야. 내키지 않아도 잠깐이라도 얼굴 좀 비쳐라. 사회 혼자 사는 거 아니다.

하여간 섬마을에서 공보의를 하면서도 세상 소식은 나보다 먼저 접하는 오지랖 대마왕 녀석이었다.

"그래, 일단 잠부터 자 보고."

–꼭 가 봐. 다 얼굴 익혀 두고 하면, 피가 되고 살이 되는 거야. 이 형님 말 들어서 손해 볼 것 하나 없어, 인마.

"하여간 너도 오지랖은 태평양이다. 거긴 지낼 만하고?"

–어, 곧 있으면 득도할 것 같아. 나중에 나 죽으면 몸에서 사리가 한 무더기는 나올 거다.

"풋, 그러냐? 그래도 나라와 국민을 위해서 열심히 봉사한다고 생각해라."

–애국이야 내가 알아서 하고, 아무튼 동창회 꼭 가라. 사람 그렇게 외톨박이로 사는 거 아니다.

"그래, 알았다. 일단, 잠 좀 자고 생각해 볼게."

♥

다음 날, 기절했다 깨어나 보니 오후 4시. 갑자기 택진이 말이 떠올랐다.

딱히 할 것도 없기에 부랴부랴 준비해 모임 장소로 발길을 향했다.

재경 명진대 동기 모임.

서울에서 살고 있는 의대 동기 모임이었다.

동창회에 참석하는 인간들의 부류는 딱 두 가지다.

자랑할 거리가 있는 놈과 아쉬운 게 있는 놈.

하지만 후자는 별로 없었다. 대부분 잘사는 집 자식들이라 거들먹거리는 모습이 보기 싫었기에 회귀 전에도 동창회에 참석한 적이 거의 없었다.

쿵쾅, 쿵쾅.

벌써 괜히 왔나 싶다.

클럽 안으로 들어가니, 무척이나 시끄러웠다. 화려한 조명에 젊은 남녀들이 흥겹게 춤을 추고 있었다.

들어오자마자 1분도 지나지 않아 나가고 싶은 곳이었다.

"어, 김윤찬! 너 웬일이야?"

제일 먼저 나를 알아본 녀석은 윤동식이었다.

"어, 동식아. 오랜만이다."

"그래, 진짜 오랜만이야. 근데, 네가 여길 올 줄은 꿈에도 몰랐는데?"

온갖 명품으로 처바른 녀석. 녀석이 빈정거리며 내 몸을 훑어 내렸다.

"내가 오면 안 되는 곳인가?"

"야, 무슨 그런 섭섭한 말을? 가자, 애들 이미 와 있어."

"그래."

동식이가 동창들이 모여 있는 룸으로 나를 데리고 들어갔다.

"야, 누가 왔는지 봐 봐. 다들 인사해."

안으로 들어가자마자 거들먹거리는 녀석. 같잖게도 학교 때 성적이 바닥이었던 똥식이가 여기서 대빵인 듯 보였다.

"오! 김윤찬!"

"뭐라고? 윤찬이 왔다고?"

"와! 유명 인사가 이런 누추한 곳까지 어떻게 오셨나?"

동식의 말에 모두들 의외라는 반응을 하며 제각기 한마디씩 거들었다.

"어, 윤찬이구나?"

"그래, 재홍아. 잘 지냈어?"

대학 때, 나름 그럭저럭 친했던 재홍이가 제일 먼저 알은척을 했다.

아버지가 서울에서 제법 큰 정형외과 원장이었다.

"네 소식은 가끔 TV에서 봤다! 너, 잘나가더라? 유명 인사던데?"

"잘나가긴! 그건 그렇고, 넌 어떻게 지내?"

"어, 나야, 아버지 병원에 있지."

"그렇구나. 팔자 좋네?"

"그러게 말이다. 너희 외과 전공의들한테는 항상 빚을 진 기분이야. 이렇게 개고생하는데."

웃기고 있네. 무슨 빚을 지고 있다는 거야? 그저, 자기들 맘 편해지자고 저러는 거지.

"쓸데없는 소리 말고 술이나 한잔하자."

"그래, 한잔하자. 이게 얼마 만이야. 정말 반갑다."

"그래."

하지만 이걸로 끝이었다.

녀석들은 별 볼 일 없는 나를 철저하게 외면했다.

톡 건드리기만 해도 부러질 것같이 뻣뻣한 녀석들. 아무리 인사해도 데면데면한 표정으로 고개만 까딱거릴 뿐이었다.

TV에 내 얼굴이 나오고, 온갖 화제를 뿌렸음에도 불구하고 가난한 집 자식이라는 낙인은 예나 지금이나 여전했다.

"오빠, 저 사람은 누구야? 처음 보는 사람인데?"

상석에 자리를 잡은 동식이. 그 옆에 앉아 있는 화려해 보이는 여자 하나가 나를 힐끗거렸다.

"어, 우리 학교 동창인데……."

여자의 귀에 대고 소곤거리는 동식이.

"뭐? 정말?"

그 순간, 그 여자가 미간을 잔뜩 찌푸렸다.

개자식, 뻔하다. 뭐라고 씨불였는지.

여기저기 수군거리는 놈들.

친구라는 놈들이 사람 하나 앉혀 놓고 속닥거리며 찧고 까불며 병신을 만들고 있었다.

딱히 상관은 없지만 말이다.

"흉부외과가 힘들지?"

잠시 후, 동식이 녀석이 내 잔에 양주를 채우며 물었다.

"됐고, 난 맥주 마실게."

"그래? 자식, 여전하구나?"

촌스럽다는 걸 비꼬고 싶었던 모양이었다.

"나야 뭐, 항상 여전하지."

"그래그래. 송충이는 솔잎을 먹어야지. 실컷 마셔라."

동식이가 한심하다는 듯이 옆에 있던 맥주를 따라 주었다.

얼마나 한이 맺혔으면……,

그저 한없이 귀엽기만 한 녀석이었다.

"그래, 그렇긴 한데, 내가 보기엔 너도 양주는 안 어울려."

"짜식, 센 척하는 거냐?"

"내가 옛날부터 좀 세긴 했지."

"후후후, 그래그래. 일은 할 만하냐?"

녀석은 여전히 빈정거리는 말투를 거두지 않는다.

"그럭저럭. 넌?"

"나야 뭐, 어차피 아버지 병원 물려받을 건데, 뭐. 굳이 힘들게 전공의 생활 할 필요 있냐? 뼈 빠지게 일해 봐야, 이거 살 돈도 안 나오는데 뭐."

자신이 차고 있던 시계를 툭툭 건드려 보는 녀석이었다. 동식이 녀석 또한 재홍이처럼 아버지가 병원장이었다.

"아, 그래?"

"그나저나, 혼자 온 거야?"

"혼자 오면 안 되는 곳인가?"

"아니, 뭐 그런 건 아니지만, 이게 커플 모임이라서."

"그럼 갈까?"

"아, 새끼, 까칠하긴! 앉아, 인마. 오랜만에 만났는데, 한 잔 더 해."

일어서려 하자 동식이가 내 팔을 잡아끌며 맥주를 따르려 했다.

"내가 따라 마실게."

"음, 사귀는 여자 친구는 없고?"

동식이가 소파에 몸을 반쯤 뉘었다.

"여자 친구 사귈 시간 있으면 잠이나 좀 더 자겠다."

"하긴, 쥐꼬리만 한 전공의 월급으로 연애나 하겠냐?"

"쥐꼬리보단 클걸."

"새끼, 자존심은 있다는 거냐? 내가 여친 하나 소개해 줘?"

후후후, 녀석이 거만하게 한쪽 입꼬리를 치켜올렸다.

"고맙긴 한데, 됐고……. 그나저나 동식아, 간만에 맥주를 좀 마셨더니 화장실에 가고 싶은데 괜찮겠냐? 좀 있다가는 소주 마시자. 이거 배불러서 원!"

"그래, 다녀와."

룸 밖을 향해 턱짓하는 녀석이었다.

쿵쾅쿵쾅!

밖으로 나가자 지축을 흔드는 시끄러운 음악 소리가 울려 퍼졌다.

확실히 난, 이런 곳은 체질적으로 맞질 않았다.

잠시 후.

"야, 윤찬이 저 새끼 하고 온 꼴 봤냐? 싸구려 청바지에 저건 뭐냐? 누더기냐? 여기가 어디라고 함부로 와? 동창이면 다 같은 동창인 줄 아나? 격 떨어지게."

김윤찬이 화장실에 가자마자 그의 험담을 늘어놓는 동식이었다.

"그러게 말이야. 듣자 하니 연희에서도 왕따라고 하던데?"

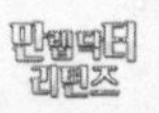

나머지 녀석들도 동식이 앞에서 딸랑거리고 있었다.

"뭐야? 윤찬이한테 전화 왔는데?"

그렇게 찧고 까부는 사이, 옆에 앉아 있던 상필이가 김윤찬의 휴대폰을 주워 들었다.

"그래? 누군데?"

"풋, 뭐야? 유나라는데?"

상필이가 비웃듯이 핸드폰 액정을 내보였다.

"진짜 유나네? 걸스시대 유나냐?"

푸하하하, 녀석들이 킬킬거리며 비웃었다.

"에이, 설마 그 유나겠냐? 이름만 유나겠지."

상필이 녀석이 빈정거린다.

"내 말이, 인마! 그나저나 잘됐다. 오라고 해. 어떻게 생겼나 상판 좀 보게."

동식이가 호기심에 눈을 반짝거렸다.

"그래도 되나?"

상필이가 일말의 양심은 있었는지 망설였다.

"상관없어. 내가 책임질 테니까, 빨리! 윤찬이 새끼 오기 전에."

"정말 네가 책임지는 거다?"

"그래, 인마. 겁나 재밌잖아. 빨리 받아."

"알았어."

틱, 잠시 망설이다 상필이가 통화 버튼을 눌렀다.

동창회에서 생긴 일

—윤찬 오빠?

"야, 윤찬 오빠란다? 꼴에 여자 친구는 있나 봐?"

키득키득.

상필이 녀석이 손으로 수화기를 가리며 킥킥거렸다.

"야! 뭐 해? 빨리 오라고 해. 어떻게 생겼나 좀 보게, 빨리!"

동식이가 신이 났는지 연신 손을 흔들었다.

"아, 네, 유나 씨! 사실은 저, 김윤찬 친구 상필이라고 하는데, 윤찬이가 전화기를 놓고 잠시 나가서 제가 받았어요. 죄송합니다."

킥킥킥, 여전히 상필이가 키득거렸다.

—아, 네. 그러면 나중에 다시 전화할게…….

"잠깐만요! 잠깐만요, 유나 씨!"

—네? 무슨 일이시죠?

"사실은 지금 윤찬이가 동창회 나와 있거든요. 원래 커플 모임인데, 윤찬이가 혼자 와서 겁나 외로워 보이네요? 공연 준비하시느라 바쁘시겠지만, 혹시 오실 수 있나요?"

"야, 저 새끼, 골 때리네? 공연 준비란다. 이건 좀 심한 거 아니냐?"

"무슨 공연? 유치원 재롱 잔치? 아니면 환갑잔치?"

큭큭큭, 김윤찬의 동창 녀석들이 전화 내용을 엿들으며 킥킥거렸다.

—아, 네. 거기가 지금 어딘데요?

"오시게요?"

—네, 그렇지 않아도 오빠 한번 보고 싶었거든요.

"정말요?"

"야! 온대! 온대!"

상필이가 수화기를 막고는 친구들에게 사인을 보냈다.

—네, 지금 자선 행사가 있어서 이동 중인데, 시간이 좀 남아서 오빠한테 안부 전화 한 거거든요. 방향만 맞으면 잠시 들를 시간은 충분할 것 같아서요.

"야, 미치겠다. 이 여자 완죤 또라이 아냐? 자기가 자선 공연 가는 중이라는데?"

상필이가 수화기를 막으며 어이없는 표정을 지었다.
“하여간, 사귀어도 어쩌면 자기랑 똑같은 여자를 사귀냐? 일단, 오라고 해. 어떻게 생겼나 좀 보게.”
“알았어. ……유나 씨, 여긴 홍담역 인근이거든요. 혹시 자선 공연 장소랑 가까운가요?”
풉, 상필이가 터져 나오려는 웃음을 손으로 틀어막았다.
-아, 그래요? 저희도 그쪽으로 가고 있는 중이었는데, 정말 잘됐네요. 네. 잠시 들를게요.
유나가 흔쾌히 상필의 제안을 받아들였다.
“그거 듣던 중 반가운 소리네요. 빨리 오십시오. 윤찬이도 말을 안 해서 그렇지, 엄청 좋아할 거예요.”
-네, 거의 다 왔으니까 곧 도착하겠네요.
“네네, 걱정 마시고 얼른 오십시오. 기다리겠습니다. 아! 혹시, 멤버들도 같이 있나요?”
-그럼요! 같이 있죠.
“정말요? 그러면 다 같이 오십시오. 저희가 한턱 쏘겠습니다.”
-네네, 잠깐 들를게요.
“야, 곧 온대.”
전화를 끊은 상필이가 동식이에게 오케이 사인을 보냈다.
“그래? 이거 흥미진진한데?”

동식이 녀석이 야릇한 미소를 지었다.

뭐야, 이 분위기는?

화장실에 다녀오니 녀석들이 키득거리는 게 분위기가 심상치 않았다.

"다들 왜 빤히 쳐다봐? 내 얼굴에 뭐 묻었어?"

"야, 김윤찬, 너 왜 구라 쳤냐?"

동식이가 뱁새눈을 뜨며 물었다.

"그게 무슨 소리야?"

"시치미 떼긴. 너 연예인 사귄다면서? 그것도 졸라 유명한?"

풉, 동식의 빈정거리는 말에 또다시 기분 나쁘게 키득거리는 녀석들.

"그게 무슨 소리야?"

"너, 걸스시대 유나랑 사귄다면서? 소문이 자자하더라?"

푸하하하, 녀석들이 더 이상 참을 수 없었던지 배꼽을 잡고 박장대소하며 웃음을 터뜨렸다.

"뭐라고?"

"방금 네 여자 친구한테 전화 와서 오라고 했는데, 바로 튀어 온다던데?"

"너네, 지금 내 전화기 만졌냐?"

그 순간, 상필이 녀석 앞에 놓인 휴대폰이 눈에 들어왔다.

"아니, 뭐 하도 시끄럽게 울려서 받았지. 그랬더니 네 여자 친구더라? 곧 온다던데?"

"지금 미쳤냐? 상필이 너, 죽고……."

"와와! 걸스시대 아냐?"

"어머, 어머! 대박! 오늘 걸스시대 여기 온다고 했어?"

"나도 몰라. 걔네도 여기 놀러 왔나? 여기가 걸스시대가 올 정도의 급은 아닌데?"

웅성웅성.

술렁거리는 클럽 안.

마침 걸스시대가 온 모양이었다.

사람들이 환호성을 지르며 그녀들을 맞이했다.

"안녕하세요!"

잠시 후, 웨이터의 안내를 받고 유나를 비롯한 걸스데이 멤버들과 그녀들의 매니저가 들어왔다.

"……어?"

"……어? 이, 이건 뭐지?"

"어? 지, 진짜야?"

그들이 룸 안으로 들어오는 순간부터 이어진 잠시간의 침묵.

마치 멈춤 화면처럼 얼어붙은 표정의 녀석들.

동창들이 벙찐 표정으로 벌린 입을 다물지 못했다.

"김윤찬 선생님, 잘 지내셨어요?"

"윤찬 오빠, 저희도 왔어요! 우리 이게 얼마 만이에요?"

매니저와 다른 멤버들이 손을 흔들며 알은척을 했다.

"아, 네. 다들 잘 지내셨죠?"

생각지도 못한 상황이 벌어지고 말았다.

"야, 김윤찬! 뭐야? 너, 너 진짜 유나랑 아는 사이야?"

그제야 옆에 앉아 있던 상필이가 눈을 동그랗게 뜨며 내 옆구리를 찔렀다.

"조상필, 입 다물어. 너, 앞으로 한 번만 더 내 물건에 손 대면 그땐 죽여 버린다. 알았어?"

"그, 그래. 그, 그건 미안해. 근데 진짜 걸스시대랑 아는 사이냐고?"

"그걸 내가 너한테 말해 줘야 해?"

"아니, 뭐 그냥. 이게 무슨 말도 안 되는 상황인가 싶어서……."

꿀꺽, 조상필이 여전히 어안이 벙벙한 표정으로 마른침을 삼켜 넘겼다.

"오늘 근처에 자선 공연 있었는데, 오빠가 여기 있다고 해서 보려고 잠시 왔어요."

모든 사람들의 시선이 유나의 눈, 코, 입에 박혀 있었다.

"그, 그냥 좀 닮은 거 아니지?"

"야! 지금 그걸 말이라고 해? 유나 맞잖아!"

녀석들은 여전히 믿지 못하겠다는 눈치였다.

"무슨 공연인데요?"

진호 녀석이 궁금한 듯 톡 불거져 나왔다.

"아, 네. 수정재단이라고 독거노인분들이랑 소년 소녀 가장들을 돕는 자선단체인데, 그곳에서 주최하는 행사에 참석해요. 여기서 얼마 멀지 않아요."

"수정재단? 거기가 어디지?"

고개를 갸우뚱거리는 진호.

"야……. 너, 거기 몰라? 얼마 전에 한 독지가가 세운 신생 자선 재단인데, 자금 동원력이 엄청나다고 하더라. 모금해서 이리 뜯기고 저리 뜯기는 일반적인 자선단체와는 차원이 다르다던데? 우리 아버지도 거기 가 계실걸. 아마, 내가 여기 있는 걸 아시면 노발대발하실 거다."

다른 이들은 수정재단에 대해 아는 것이 없는 눈치였으나, 재홍이 녀석만은 대충 알고 있는 듯했다.

"아, 그래? 그렇게 대단한 곳이야?"

"나도 자세히는 모르겠는데, 아버지 말로는 그렇다고 하더라고. 사실, 돈 없는 환자들 골치 아프잖아. 근데, 그 재단에서 그런 환자들 찾아서 제반 비용 다 대 주니까, 땡큐지. 게다가 평판이 좋은 병원에는 직접 투자도 한다고 하더라고. 그래서 우리 아버지도 거기 가신 거야. 원래는 나도 같이 가야 하는데, 난 슬쩍 빠져나온 거고."

"그래? 그 독지가가 누굴까?"

"나도 거기까진 모르지. 아무튼 뭐, 익명의 재벌 2세급 아니겠어? 기부한 금액이 천억이라는 소리가 있어."

"뭐, 뭐라고? 천억? 미쳤다! 천억을 기부할 정도면 자산이 얼마라는 거야?"

"글쎄. 이사장이 워낙 베일에 싸인 인물이라, 사람들이 아무도 모른대. 주한 미군 출신 외국인이라는 소리도 있고, 그냥 평범한 할머니란 소리도 있긴 한데, 아무도 모른다나 봐."

재홍이도 거기까지는 모르는 모양이었다.

"야, 대단하네. 아무리 돈 많아도 천억을 기부하는 게 말이 돼? 야. 그런 사람이랑 친해지면 인생 펴는 건데. 어떻게 줄 댈 방법이 없을까?"

"인마, 꿈 깨라! 그런 사람이 우리랑 상대나 해 주겠냐? 상류층 중에서도 초상류층만 상대하겠지."

"하긴."

상필이 녀석이 아쉬운 듯 입맛을 다셨다.

"음, 그래서 두 분은 어떻게 아시게 된 건가요?"

아직까진 자존심이 살았는지 동식이가 삐딱하게 소파에 몸을 기대고 앉아 거만하게 물었다.

"네, 지난번에 몸이 아파서 연희병원에 입원했었는데, 그때 알게 됐어요, 윤찬 선생님은."

"아, 그래요? 그러면 뭐, 아무 사이도 아니네? 안 그래요?"

동식이 놈이 끝까지 빈정거렸다.

"글쎄요. 아무 사이도 아닌 건 아니죠. 오빠가 제 생명의 은인이거든요. 전, 무지무지 친해지고 싶은데, 오빠가 절 쳐다봐 주지도 않아요. 너무 바쁘기도 하고요. 제가 주로 매달리는 편이죠, 오늘처럼."

유나가 상큼하게 웃으며 맞받아쳤다. 동식이의 태도가 뭘 의미하는지 누구보다 잘 알고 있는 그녀였다.

헐!

"뭐야, 지금 이 분위기는? 걸 그룹이 윤찬이보다 한가하다는 거야?"

"그러게. 지금 이 상황을 어떻게 이해해야 하는 거냐?"

날 바라보는 녀석들의 시선이 급격히 바뀌기 시작했다.

"설마, 그럴 리가요. 농담도 잘하시네요."

윤동식이 어색한 미소를 지었다.

설마라는 표정이다.

정말 설마였으면 좋겠지.

"어, 농담 아닌데?"

"하, 하하. 네, 그렇군요. 그나저나 이왕 이렇게 오셨으니 우리랑 술 한잔 같이하시죠?"

"아뇨, 감사하지만 사양하겠습니다. 공연 전이라서. 우리 유나는 마음만 감사히 받겠습니다."

동식이가 양주병을 들고 앞으로 나오자 매니저가 나서서 그를 저지했다.

"그래도 여기까지 왔는데……."

"아닙니다!"

매니저가 단호한 어조로 동식이의 팔목을 잡아챘다.

"하하, 나중에요. 나중에 우리 윤찬 오빠랑 같이해요. 오늘은 저희가 공연이 있어서 안 될 것 같네요. 아, 여러분들도 시간 되시면 저희 공연 보러 오세요. 수익금 전액을 기부하는 좋은 의미의 공연이니까요. 제가 특별히 초대장을 드리겠습니다!"

분위기가 험악해지자 유나가 분위기를 바꾸려 했다.

"정말요? 어딘데요?"

그 말에 녀석들이 엉덩이를 들썩거리자 동식이의 눈에서 레이저가 쏟아져 나왔다.

"아니, 뭐 좋은 취지라니까……."

상필이가 일어나려다 다시 주저앉았다. 어쨌든 녀석들 사이에서 동식이의 영향력은 무시할 수준은 아닌 듯했다.

"저기 홍담역 사거리 앞에 있는 퀸스턴 호텔이에요. 윤찬 오빠, 그러면 저희는 먼저 갈 테니까, 재밌게 놀다 와요! 나중에 전화하고!"

유나가 손 전화를 하며 방긋 웃었다.

"아니에요, 나도 이제 막 일어나려던 참이었어요. 그렇지, 유나 씨가 온 김에 나도 같이 가면 안 될까요? 여기보단 나을 것 같은데."

"물론이죠. 그럼 같이 가요, 우리 차로."

"그래요. 얘들아, 오늘 만나서 반가웠어. 나중에 따로 만나서 소주나 한잔하자. 난 양주가 체질 안 맞아서."

"그, 그래, 그러자."

녀석들은 아쉬운 듯 동식이 눈치를 살피며 작별 인사를 했다.

잠시 후.

"야, 이건 뭐냐? 정말 걸스시대 유나였어?"

김윤찬과 걸스시대가 사라지자 녀석들이 수군거리기 시작했다.

"그러게 말이야. 굼벵이도 구르는 재주가 있다고, 진짜 유나가 올 거라곤 상상도 못 했어."

"아는 정도가 아닌 것 같던데? 진짜 유나라니. 이게 말이 돼?"

"아무튼, 윤찬이 다시 봐야겠는걸."

"야, 다시 보긴 뭘 다시 봐? 입원했을 때 주치의 했다잖아. 그냥, 동정 같은 거야."

동식이가 평가절하 하려 애썼다.

“에이, 뭐 그 정도는 아닌 것 같은데…….”

띠리리링.

그 순간 울리는 전화벨 소리. 재홍이 부친의 전화였다.

“야, 잠깐만 조용히 좀 해 봐. 아버지 전화야. 나 여기 있는 거 모르거든. 네, 아버지, 무슨 일이세요?”

–너 인마, 어디야?

“아, 그게, 지금 중요한 약속…….”

–야, 이놈아, 너 지금 어딜 그렇게 싸돌아댕겨? 당장, 퀸스턴 호텔로 안 와?

“네? 거긴 왜?”

–왜긴 왜야, 인마! 수정재단 주최, 자선 음악회라고 했냐, 안 했냐? 군소리 말고 당장 튀어 와. 10분 내로 안 오면, 너 병원에서 내쫓을 줄 알아.

“아버지, 잠깐만…….”

뚜뚜뚜뚜.

이미 전화는 끊어져 있었다.

“야, 동식아, 나 지금 가 봐야 할 것 같은데?”

전화를 끊은 재홍이가 난감한 표정을 지었다.

“왜? 무슨 일인데?”

“아이씨, 난 가기 싫은데, 아까 거기 수정재단 주최 음악회, 거기 가 봐야 할 것 같아.”

재홍이 녀석이 난감한 듯 뒷머리를 긁적거렸다.

"야, 인마, 가뜩이나 분위기 썰렁해졌는데, 안 가면 안 돼?"

"그게, 나도 그러고 싶은데, 아마 안 가면 나 너희 다시 못 볼지도 몰라. 미안한데, 나 먼저 일어나야겠다. 미안해. 나중에 다시 보자."

재홍이가 옷을 챙겨 입고는 서둘러 룸을 빠져나갔다.

"아이 씨, 분위기 왜 이렇게 썰렁해? 야, 한잔하자. 오늘 내가 전부 쏜다!"

"그, 그래."

"야, 우리도 가 봐야 하는 거 아냐?"

"글쎄. 나도 그래야 할 것 같긴 한데."

이미 싸늘하게 식어 버린 동창회 분위기. 동식이가 불씨를 살리려 애를 썼다. 하지만 나머지 녀석들 또한, 불편한 자리가 되어 버렸다.

"민호야, 한잔해. 괜히 윤찬이 새끼 때문에 분위기 뭐 됐다!"

"동식아, 미안한데, 나도 이만 나가 봐야 할 것 같아. 병원에서 콜 왔어."

동식이가 술을 청하자 민호가 조심스럽게 외면했다.

"그래? 그럼 할 수 없지. 준태야, 한잔……."

"아, 맞다! 나, 오늘 우리 집 제사야! 그걸 깜박 잊었네?"

슬금슬금.

동창회 녀석들이 동식이 눈치를 살피더니 하나둘씩 자리를 빠져나가기 시작했다.

퀸스턴 호텔.

끼익, 동창회장에서 출발해 퀸스턴 호텔까지 함께한 밴이 멈췄다.

"오빠, 우린 공연 준비해야 해서 여기서 잠시 헤어져야겠는걸요."

"아, 그래요. 준비 잘하세요."

"네네, 이따가 잠시 오빠 무대 위로 올려도 돼요?"

유나 옆에 있던 수현이 장난스럽게 물었다.

"네?"

"왜요, 지난번에 보니까 말씀도 잘하시던데?"

"아, 아니에요. 제발요! 저 그때도 낯 뜨거워 죽는 줄 알았다고요."

"호호, 농담이에요, 농담!"

"아, 네."

"오빠! 중간에 가지 말고 꼭 끝까지 우리 공연 봐야 해요?"

드르륵, 유나가 문을 열고 나가며 해맑게 웃었다.

"네, 그럴게요."

걸스시대 멤버들과 함께 호텔에 도착한 뒤 유나를 비롯한 멤버들은 대기실로 향했고, 난 호텔 정문으로 걸어 들어갔다.

"윤찬 씨, 어서 와요!"

그렇게 호텔 안으로 걸어 들어갈 즈음, 김 할머니의 고문 변호사 황상영이 나를 반갑게 맞아 주었다. 김 할머니를 통해 소개를 받아 안면이 있는 사이였다.

"어? 변호사님이 여길 어떻게?"

"네, 제가 수정재단의 고문 변호사입니다."

"아, 그러시군요."

"그나저나, 알고 오신 거 아니세요?"

"뭘 말씀하시는 거죠?"

"오늘 행사요! 알고 오신 거 아니셨어요?"

"아…… 수정재단 자선 행사요? 뭐, 자선 재단인 것 정도는 아는데……."

"아, 잘 모르셨군요. 이 행사, 회장님이 주최하시는 거잖아요."

"어? 어머니가요?"

"아, 진짜 모르셨구나! 이번 행사, 회장님이 친히 신경 써서 주최하신 거예요."

"그렇군요. 전 전혀 몰랐어요."

놀랍게도 수정재단의 이사장이 김 할머니였던 모양이었다.

"허허허, 회장님이 윤찬 씨가 바빠서 말씀을 안 하셨나 보네요. 아무튼 잘되었네요. 회장님도 윤찬 씨가 온 걸 알면 기뻐하실 거예요. 크리스털 룸으로 가 보세요. 거기 계실 겁니다."

황 변호사가 안쪽 룸을 가리켰다.

"아, 네. 그러죠."

잠시 후.

"황 변호사님!?"

그렇게 김윤찬이 크리스털 룸으로 들어가자 이를 지켜보고 있던 재홍이 황 변호사에게 달려갔다.

"어, 재홍이구나! 아버지 보러 왔니?"

황상영 변호사는 재홍이 아버지와 병원 관계 일로 친분이 있는 사이였다.

"네, 아버지가 당장 오라고 하셔서요. 어쩔 수 없이 왔어요."

재홍이가 민망한 듯이 뒷머리를 긁적거렸다.

"그래, 지금 자리에 계신다, 얼른 가 봐라. 이런 좋은 행사가 있으면 당연히 와서 손을 거들어야지. 게다가 네 앞길을 생각하면, 여기 오신 손님들과 인적 네트워크를 만들어 놓으면 좋을 거야."

"네. 그나저나, 저 사람 아세요?"

재홍이가 멀어져 가는 김윤찬의 등을 가리켰다.

"왜? 아는 사람이야?"

"네, 김윤찬이라고 저랑 대학 동기예요. 좀 전까지만 해도 같이 있었어요. 근데 왜 아저씨가 윤찬이를 그렇게 어렵게 대하세요?"

재홍이가 고개를 갸웃거렸다.

"아, 그렇구나. 글쎄…… 뭐라고 해야 하나?"

선뜻 답을 하지 못하는 황 변호사였다.

"왜요? 무슨 사이인데요? 혹시 윤찬이가 수정재단과 무슨 관계가 있는 건가요?"

재홍은 호기심이 잔뜩 어린 눈을 빛냈다.

"물론 관계가 깊은 사람이지."

"네? 어, 어떻게요? 어떻게 관계가 있는 건데요?"

재홍이 녀석이 믿을 수 없다는 듯이 눈을 깜빡거렸다.

"뭐라고 말하기 곤란한데……. 아무튼, 윤찬 씨와 대학 동기라니 말한다만, 앞으로 저 친구랑 친해지는 게 좋을 게다. 너나 네 아버지나 두루두루."

황 변호사는 여전히 뜬구름 잡는 얘기만 늘어놓을 뿐이었다.

"네? 그게 무슨 말씀이세요?"

"더 이상은 설명하기 어렵고, 다시 말하지만 저 친구랑 어떠하든 가깝게 지내도록 노력해라. 이 말밖에는 내가 더 이상은 할 말이 없구나."

“후우, 도통 무슨 말씀인지 모르겠네. 일단, 알았어요.”

“차차 알게 될 거다. 그래! 공연 곧 시작할 것 같은데, 어서 가 봐라. 기부도 좀 하고. 난 손님들을 좀 맞아야 할 것 같으니까. 초대장은 가지고 왔지? 그거 없으면 못 들어가.”

“네, 아버지가 주신 거 가지고 오긴 했어요.”

“그럼 얼른 들어가 봐.”

“네에.”

여전히 궁금증이 풀리지 않은 듯 재홍이가 고개를 갸웃거렸다.

“황 변호사! 오랜만이야.”

“아이고, 회장님! 어서 오십시오.”

황 변호사는 계속 밀려드는 손님들을 맞이하기 바빴다.

‘윤찬이한테 잘 보이라고?’

재홍이가 곧바로 핸드폰을 꺼내 들었다.

띠띠띠띠.

“야, 상필아, 대박 뉴스야! 빨리 여기로 튀어 와.”

―왜? 무슨 일인데?

“윤찬이 얘 뭐냐? 이유나 온 것도 놀라운데, 이건 뭐!”

―왜 그러는데? 윤찬이가 뭐?

상필이 궁금한 듯 물었다.

“몰라. 전화로는 얘기하기 힘들어. 와 보면 알아. 당장 애들 데리고 퀸스턴 호텔로 와! 당장!”

—아, 알았어. 근데 대충이라도 알아야 할 것 아냐? 뭔데?

"아씨, 아무래도 수정재단하고 윤찬이가 깊은 관계가 있는 것 같아. 윤찬이 이거 뭐 있다니까? 아버지 친구분이 수정재단 변호사신데, 윤찬이한테 깍듯하게 대하더라고. 빨리 튀어 와! 늦기 전에!"

—아, 알았어. 바로 갈게.

잠시 후, 동창회장.

"누구냐?"

상필이가 전화를 끊자 동식이 물었다.

"아! 형! 형 전화야. 별거 아니야."

"형이 왜?"

"맞다! 오늘 우리 할아버지 생신인 걸 깜빡했어. 우리 집이 종갓집이잖아. 아버지가 지금 안 들어오면 다리몽둥이를 부러뜨린다네. 어쩌지?"

이미 상필이의 손은 짐을 챙기고 있었다.

"그래서? 집에 간다고?"

동식이가 못마땅한 표정으로 째려봤다.

"그, 그래야지. 당연히."

"그래? 다시 물어볼게. 지금 전화 재홍이한테서 온 거냐?"

동식이가 뱁새눈을 뜨며 상필에게 물었다.

"아, 아니, 형이라니깐."

"웃기고 있네. 지금 재홍이, 준태 이 새끼들 다 거기 가 있는 거지?"

계속된 추궁에 잠시 고민하던 상필이 대답했다.

"그, 그래, 재홍이 전화 맞아."

하아, 상필이 어쩔 수 없다는 듯이 모든 것을 털어놓았다.

"하여간 의리 없는 새끼들! 이것들, 이젠 국물도 없는 줄 알아!"

동식이 송곳니를 내보이며 인상을 구겼다.

"하아, 그러지 말고, 동식이 너도 같이 가자."

"어딜?"

"야, 재홍이가 그러던데 수정재단이랑 윤찬이랑 관계가 있는 것 같다더라. 그럼 우리도 가서 눈도장을 좀 찍어 둬야 하는 것 아니냐? 그러니까 너도 같이 가자."

"미쳤어? 내가 거길 왜 가!"

"야, 아무래도 윤찬이 그 녀석, 우리가 알던 그 윤찬이가 아닌 것 같아. 이제 인정할 건 인정해야지! 우리가 철부지 어린애들도 아니잖아."

"놀고들 있네. 그 찌질한 새끼가 무슨……. 됐고, 당장 꺼져!"

"야! 내가 촛불이냐 꺼지게?"

그동안 동식이 말이라면 껌벅 넘어가던 상필도 이번만큼은 빈정이 상한 모양이었다.

"너, 자꾸 이러면 국물도 없는 줄 알아. 네가 누구 덕에……."

"야, 너, 좀 말이 심하다? 너네 아버지 덕에 인화병원에 들어간 건 맞는데, 그렇다고 네가 내 상전은 아니잖아? 보자 보자 하니까, 아주 나를 머슴 부리듯이 하려고 그래!"

일종의 반란이었다.

평소 동식이 가랑이 사이로 기어가라면 기어갈 정도로 충복(?)이었던 상필이었기에 동식의 입장에선 어안이 벙벙할 일이었다.

"뭐? 뭐라고?"

"됐고! 아무튼, 나는 갈 테니까, 넌 오든지 말든지 맘대로 해. 이제 와서 하는 말이지만, 솔직히 공부는 윤찬이가 너보다 백 배는 잘했잖아?"

상필이마저 냉정하게 일어났다.

그렇게 싸늘하게 문이 닫히자.

"오, 오빠! 우리도 가야 할 것 같은데?"

상황이 험악해지자 동식의 여친이 좌불안석, 불안한 표정을 지었다.

"가면 되잖아!"

"응, 그렇긴 한데 술값이 많이 나왔을 텐데……."

"누가 너보고 술값 내라고 했어? 웨이터 오라고 해, 계산할 테니까."

"아, 알았어."

잠시 후, 동식의 여자 친구가 웨이터와 함께 들어왔다.

"여기 계산서 줘."

"계산 다 하시고 가셨는데요?"

"뭐? 지금 누가 계산을 했다는 거야?"

"걸스시대 매니저님이요."

"뭐?? 그 사람이 왜 내가 마신 술값을 계산해 줘?"

"아……. 그게, 김윤찬 씨던가? 친구분 맞으시죠?"

"그, 그래, 그런데……?"

동식은 평소 한 짓이 있기에 내심 김윤찬을 친구라 하는 게 걸려서 말을 더듬으며 대답했다.

"김윤찬 씨 친구분들이면 자기들한테도 소중한 분들이라고 하시면서 계산하셨는데요?"

결국 마지막 자존심마저 무너져 내린 윤동식.

"아아아악!"

쨍그랑, 분노한 윤동식이 벽을 향해 잔을 던져 버렸다.

♥

크리스털 룸, 자선 행사 공연장.

쿵쾅쿵쾅!

공연이 시작될 즈음, 보안 요원들과 젊은 남자들이 실랑이를 벌이고 있었다.

그들은 좀 전까지만 해도 김윤찬과 함께 있던 동창들이었다.

"안으로 들어가시면 안 됩니다!"

보안 요원들이 공연장 안으로 들어가려던 상필, 준태 일행을 가로막았다.

"아니, 저 안에 제 친구가 있어서요! 좀 들어가면 안 되겠습니까?"

상필이가 애원하며 보안 요원들에게 매달렸다.

"이곳은 멤버십으로 운영되는 곳입니다. 초대장이 없으면 안 돼요."

보안 요원이 냉정하게 그들의 출입을 통제했다.

"아이 씨, 걸스시대가 초대장 준다고 했을 때 받아 놓을 걸. 어떡하지?"

난감한 표정의 상필이가 투덜거렸다.

"그러게. 일단 재홍이한테 전화해 봐."

"아, 알았어."

준태가 전화를 꺼내 재홍이에게 전화를 걸었다.

잠시 후.

"……그래? 아, 알았다."

뚝, 준태가 힘없이 전화를 끊었다.

"뭐래?"

"하아, 자기도 아버지가 준 초대장 덕분에 간신히 들어왔대."

"그러면 안 된다는 거야? 우리 못 들어가는 거야?"

"어, 초대장 없으면 안 된대."

준태가 실망한 표정으로 고개를 가로저었다.

바로 그때였다.

"뭐가 이렇게 소란스럽니?"

"아, 이사장님!"

김 할머니가 황 변호사와 함께 모습을 드러내자, 보안팀장이 정자세를 취하며 공손하게 인사했다.

"저 젊은이들 뭐니?"

"아, 네. 초대장도 없이 들어가겠다고 해서 제지하고 있었습니다."

"음……. 그렇구나야. 안으로 들여보내라. 얼마나 공연이 보고 싶었으면 그랬겠니?"

김 할머니가 측은한 듯 손을 내저었다.

"네, 알겠습니다, 이사장님!"

그 순간, 황상영 변호사가 나섰다.

"회장님, 다시 한번 생각해 주시죠. 이 행사는 엄연히 멤버십으로 진행되고 있습니다. 게다가 이 공연을 보기 위해서 많은 인사들이 자선기금을 기부했습니다. 공정성과 공신력 측면을 고려해도 함부로 출입시킬 수는 없습니다. 공연 티켓도 그 범주에 속한 것이니까요."

김 할머니 앞이라 조심스럽게 말하긴 했지만, 황 변호사의 태도는 아주 단호했다.

"황 변, 뭘 그렇게 빡빡하게 해? 그냥 들여보내면 안 돼?"

"회장님, 죄송하지만, 안 될 것 같습니다. 형평성에 문제가 생길 수 있습니다."

"그래? 딱 보아하니 우리 윤찬이 또래인 것 같은데 봐주면 안 될까?"

잠시 고민하던 황 변호사가 상필이 일행을 살피고는 말했다.

"흠, 아무래도…… 안 될 것 같습니다."

황 변호사가 단호하게 고개를 내저었다.

"잠깐! 상필아, 지금 저분이 윤찬이라고 그랬지?"

두 사람의 대화를 엿듣던 준태가 상필에게 소곤거렸다.

"맞아, 지금 저 이사장이란 할머니가 우리 윤찬이라고 그랬어. 아! 맞다, 맞다! 재홍이가 여기 수정재단이랑 윤찬이랑 무슨 깊은 관계가 있다고 그랬어."

"아무래도 윤찬이랑 저분이랑 친척쯤 되나 봐. 그러면 우리 윤찬이 친구라고 해 볼까? 아니지, 우리 윤찬이 친구 맞지."

"그래그래! 빨리!"

"저…… 우리 윤찬이 대학 동창인데요?"

보안 요원의 제지를 받던 준태가 목소리 톤을 높였다.

"그래? 니들이 우리 윤찬이 친구야?"

윤찬이란 말에 김 할머니의 얼굴에 화색이 돌았다.

반면 황 변호사는 아주 어이없다는 표정을 지었다.

"하하하, 아주 공연을 보고 싶어서 별짓을 다 하는군요. 일고의 가치도 없습니다. 보안팀장, 이 사람들 얼른 내보내세요."

그러곤 황 변호사는 상필 일행을 보며 한심하다는 듯이 너털거렸다.

"네, 알겠습니다."

그렇게 상필 일행은 급하게 온 보람도 없이 발길을 돌려야 할 상황이었다.

후후후, 이럴 때 바로 정의의 기사가 나서 줘야 하지 않겠는가?

"어? 상필아! 준태야!"

"어!! 윤찬아!"

사막의 오아시스를 만난 듯 녀석들이 나를 향해 양손을 흔들며 호들갑을 떨었다.

“자들이 윤찬이 네 친구 맞나?”

그러자 김 할머니가 물었다.

“네에, 제 대학 동기들 맞아요.”

“그러니? 암, 내 새끼 친구들이면 똑같은 내 새끼들이지! 보안팀장아, 얼른 들여보내라.”

“네, 알겠습니다. 안으로 들어가시죠.”

김 할머니의 허락이 떨어지기 무섭게 보안 요원들의 태도가 180도 변했다.

“거봐요, 제가 윤찬이 친구라고 했잖아요!”

상필이가 뿌듯한 듯 가슴을 쭉 내밀었다.

“네네, 죄송합니다. 들어가시죠.”

잠시 후.

“윤찬아, 이게 어떻게 된 일이야? 저 회장님이란 분이 너 보고 내 새끼라니?”

“그냥, 뭐…… 내 양어머니셔.”

“아, 양어머니이……. 지, 지자스! 뭐라고, 양어머니??”

상필이가 깜짝 놀라 말을 더듬었다.

“쉿! 그냥 너만 알고 있어.”

“아, 알았어. 아무튼, 더 대단하다. 그리고 아까 네 허락도 없이 휴대폰 만진 거 미안해.”

검지를 펼쳐 보이자 상필이 녀석이 목소리 톤을 낮췄다.

"괜찮아, 안으로 들어가자."

"그래! 이해해 줘서 고맙다."

"그나저나, 동식이는?"

"몰라!"

"같이 오지 그랬어?"

인상을 잔뜩 찌푸린 상필이가 말했다.

"그 녀석 얘기는 하지도 마. 학교 때 맨날 빌빌거리면서 족보나 구걸하고 다니던 놈이, 이젠 아주 왕처럼 굴려고 해! 자존심만 살아 있는 놈이 여길 오겠냐? 너 옛날에 그 새끼 불쌍하다고 핵심 노트 다 만들어 주고 그랬잖아. 그러지 말았어야 했어! 배은망덕한 놈!"

이런 걸 두고 겨 묻은 개가 똥 묻은 개를 나무란다고 하는 건가?

"왜 지나간 옛날얘기를 꺼내고 그래? 공연 이미 시작했으니까 빨리 들어가자."

"그래, 친구야."

바로 그때였다.

"……야, 김윤찬."

쭈볏쭈볏, 윤동식이 얼굴을 내밀었다.

지금까지 있었던 모든 상황을 멀리서 지켜보고 있었던 모양이었다.

"아! 동식아, 왔구나!"

난 반갑게 녀석을 맞이했다.

"야…… 저 새끼 완죤 자존심 밥 말아 먹었구나."

"당연하지. 재홍이가 그렇게 난리를 쳤는데, 여기 오면 콩고물이라도 떨어질 줄 알았겠지."

다른 녀석들이 비웃음 가득한 표정으로 수군거렸다.

"어, 그래. 이렇게 보니까 또 새롭네."

동식이가 어색한 듯 민망한 표정을 지었다.

"새롭긴. 왔으면 들어가자."

"아, 아니야. 그냥, 뭐…… 궁금해서 한번 와 봤어. 저기 근처에 볼일도 있고. 이제 가 봐야 해."

"뭐냐? 그러면 알은척은 왜 했어? 괜히 빼지 말고 같이 공연 보자."

"……그, 그래도 되냐?"

"됐어, 인마. 친구끼리는 그런 거 없다."

"그래? 내 자리가 있을까?"

"당연하지. 없어도 내가 만들어 줄게."

"그, 그래? 그럼 그럴까?"

내가 팔을 잡아당기자 동식이 녀석이 못 이기는 척 딸려왔다.

그렇게 말 많고 탈 많던 동창회가 마무리되었다.

그리고 한 달 후, 12월 25일 크리스마스.

정신없이 지냈던 펠로우 1년 차도 어느덧 저물어 가고 있다.

펠로우 1년 차라는 위치는 애매했다.

전문의 자격증을 가지고 있지만, 전문의가 아니었다.

일종의 레지던트의 연장 선상이라고 할까?

초간단한 수술 정도는 집도할 수 있었으나, 무게감이 있는 수술은 생각조차 할 수 없었다.

결국, 주변인이라는 표현이 가장 잘 어울릴 정도로 펠로우 1년 차는 레지던트도, 전문의도 아닌 애매한 지위였다.

그렇게 후딱 1년이 지나갔고, 어김없이 크리스마스가 찾아온 것이다.

올해는 다행히도 크리스마스에 눈이 내렸다. 온 세상이 새하얀 화이트 크리스마스였다.

올 아이 원 포 크리스마스 이즈 유~.

병원 곳곳에서 머라이어 캐리의 크리스마스 캐럴이 울려 퍼졌다.

언제나 가슴이 아픈 아이들.

오늘만큼은 여느 아이들과 같이 가슴 뛰는 날이었다.

가슴이 아픈 이 녀석들에게 마음까지 아프게 하고 싶지는 않았다.

"하하하, 우리 민석이는 무슨 착한 일을 했나? 선물을 받으려면 뭐라도 착한 일을 하나는 해야 하는데?"

나와 한은정 선생, 그리고 장대한, 홍순진 부부, 심장내과 이상훈 선생과 조정철 선생이 특별히 뭉쳤다.

흉부외과와 심장내과에서 각출해 아이들을 위한 조그마한 선물을 준비한 것.

바쁘지만 잠시나마 아이들과 놀아 주고 있었다.

앗! 여기서 하나 밝혀 둘 사실.

그사이에 장대한 선배와 홍순진 선배가 결혼에 골인했다.

"어, 어? 뭐였지?"

"호호호, 우리 민석이는 착한 일을 한 게 없나 보네? 그러면 선물이 없는데?"

"어, 뭐지…… 뭐지? 나 했는데, 착한 일 한 거 많은데? 우아아앙!"

눈에 눈물이 가득 고이더니, 민석이 녀석은 끝내 울음을 터뜨리고 말았다.

"울면 안 되는데? 산타클로스 할아버지는 우는 애들에겐 선물을 안 주거든!"

"에이, 난 다 알아요! 산타는 세상에 없어요. 산타는 우리 아빠예요. 다 알아. 작년에도 우리 아빠가 이거 사 줬어요."

아직 순진한 민석이에 비해 옆에 있던 똘똘한 윤수 녀석은 이미 산타가 없다는 비정한(?) 현실을 알아차렸다.

녀석이 다리 한쪽이 떨어져 나간 로봇을 들어 올렸다.

귀여운 녀석들!

이런 날은 누구보다 외로운 아이들이었다. 이 아이들과 조금이나마 정을 나누기 위해 우리는 미리 준비한 선물을 나눠 주며 즐거운 시간을 보내고 있었다.

바로 그때였다.

"허허허, 메리 크리스마스!"

"허허허, 어린이 여러분, 안녕하십니까! 우리가 왔어요!!"

어설픈 산타 분장을 하고 병실로 찾아온 두 명의 산타. 아니, 두 분.

어찌나 분장을 잘하셨는지(?) 대충 봐도 한 사람은 고함 교수님, 또 한 사람은 변태석 교수님이었다.

그들의 정체를 모를 사람은 적어도 이 방 안에는 단 한 사람도 없었다.

"와! 와, 산타 할아버지다!"

역시나 아이들은 그런 그들이라도 좋아하며 반겨 주었다.

그나마 상태가 양호한 몇몇 녀석들은 두 교수에게 달려들었지만, 대부분의 아이들은 그저 몸을 일으켜 세워 눈만 반짝일 뿐이었다.

"교수님, 어떻게 여길? 수술하시느라 힘드셨을 텐데 좀 쉬시……."

지금 시각 오전 10시. 오늘 아침 7시까지 수술을 하신 고함 교수였지만 피곤한 기색은 눈곱만큼도 없었다.

언제 산타 복장에 선물은 저렇게 많이 준비하셨는지, 참 마음이 따뜻한 분이다.

"쉿! 교수라니? 인마, 말조심해. 난 지금 산타야."

고함 교수가 내 입을 틀어막았다.

"아, 네. 죄송합니다."

"와! 와, 고함 교수님이시다!"

하지만 고함 교수의 정체가 탄로 나기까지 오랜 시간이 걸리지 않았다.

크크크, 워낙 분장이 어설펐으니까.

"허허허, 고함 교수가 여러분들 의사 선생님인가 보죠?"

허허허, 고함 교수가 끝까지 발악을 하는 듯했다.

"네, 고함 교수님!!"

그러나 윤수 녀석이 쐐기를 박아 버렸다.

"허, 허허허, 허허허!"

어이없다는 듯이 고함 교수가 헛웃음만 지을 뿐이었다.

"변태석 교수님도 오셨다!"

변태석 교수의 분장 또한 쉽게 들통이 나 버리고 말았다.

"거봐, 내가 싸구려 산타복 사지 말자고 했지? 대번에 아이들이 알아보잖아!"

고함 교수가 짜증스러운 표정으로 투덜거렸다.

"에잇, 애들은 이 정도면 깜박 속을 거라고 했는데? 어떻게 된 거야?"

난감한 표정의 변태석 교수였다. 그 역시 예상치 못한 아이들에 반응에 당황했다.

"그러니까 너희들 심장내과가 안되는 거야. 어디서 이런 걸 사 가지고 와서는. 젠장!"

"아니, 여기서 심장내과가 왜 나와? 지는 무식한 칼잡이 주제에! 고 교수가 준비했으면 더 망했어!"

"뭐라? 무식해? 지금 내 흉본 거냐?"

"그럼, 무식하지! CS 무식한 거 모르는 사람도 있남? 심장이론을 아냐, 그렇다고 칼질을 잘하냐?"

"미쳤네? 기껏해야 내시경이나 들여다볼 줄 아는 것들이! 니들이 심장을 알기나 하냐? 설마 심장이 진짜 하트 모양으로 생겼다고 생각하는 건 아니지? 이렇게!"

고함 교수가 허공에 손가락으로 하트를 그리며 변태석 교수를 놀렸다.

"미치겠네! 지금 한번 해보겠다는 거야? 우리가 못 해서 안 하는 줄 알아? 그깟 심장 수술은 발로도 해! 보자 보자 하니까 우리가 보자긴 줄 아나?"

변태석 교수가 선물 꾸러미를 내려놓고는 버럭거렸다. 당장이라도 고함 교수의 멱살을 움켜쥘 태세였다.

"수술을 발로 해? 심장 수술이 축구냐, 어? 어? 무식한 것들! 이러니까 심장내과를 쪼다라고 하는 거야!"

고함 교수의 얼굴이 토마토처럼 금세라도 터질 것 같았다.

"뭐, 뭐라고?? 누가 누구보고 쪼다라고 해?? 거지 같은 곰손 주제에!"

"뭐? 뭐라고?? 곰손!!"

곰손은 외과 의사들에겐 가장 치욕적인 망언이나 다름없었다. 다혈질적인 고함 교수가 발끈하지 않을 수 없었다.

"그래, 곰손! 왜? 찔려?"

"교수님! 애들 있잖아요!"

"교수님! 쫌!"

두 교수가 티격태격 실랑이를 벌이자, 우린 더 이상 참을 수가 없었다. 더 이상 놔뒀다가는 어디까지 갈지 모를 두 앙숙이었다.

"아…… 미안!"

"미안!"

울상이 되어 버린 아이들.

그제야 사태를 파악했는지 두 교수가 멋쩍은 듯 이마를 긁적거렸다.

바로 그 순간이었다.

-코드 블루! 코드 블루! 원내에 계신 흉부외과 선생님들

은 속히 응급실로 와 주십시오. 코드 블루! 코드 블루! 원내에 계신…….

크리스마스라고 예외는 없었다. 언제나 그랬듯이 응급 환자가 발생했다.

"젠장! 크리스마스는 좀 쉬어 가면 안 되나? 이게 뭐야?"

황망한 표정의 고함 교수가 산타 모자를 벗으며 얼굴을 찡그렸다.

"교수님! 저희가 내려가겠습니다."

"아냐, 장 선생하고 홍 선생은 애들 챙기고, 김윤찬 선생은 나 따라와."

"아니, 교수님, 피곤하실 텐데."

"괜찮아! 하루 이틀이야? 내가 내려갈 테니까, 애들 선물마저 나눠 줘. 크리스마스 다 망칠 순 없잖아?"

"아, 네. 알겠습니다."

"애들아! 메리 크리스마스!"

아이들을 향해 손을 흔들어 보이는 고함 교수. 입은 웃고 있지만 얼굴엔 근심이 가득했다.

"김윤찬 선생, 가지!"

"네."

크리스마스의 기적

고함 교수와 함께 내려간 ER(응급실). 환자 하나가 스트레처 카에 실려 들어왔다.

"응급 환자입니다!"

119 구급대원에 의해 실려 온 남자 환자.

의식은 없었고, 날카로운 흉기가 가슴에 박힌 채 응급조치로 동여맨 붕대 사이로 피가 울컥거리며 흘러내리고 있었다.

정복 차림에 20대 초반으로 보이는 이 남자의 직업은 경찰이었다.

"이게 어떻게 된 겁니까?"

고함 교수가 황급히 환자에게 달려갔다.

"보시다시피 칼에 찔렸습니다. 응급조치는 했는데, 역부

족입니다. 혈압이 급속도로 떨어지고 있어요."

구급대원이 망연자실한 표정으로 말했다.

"선생님, 제발 우리 동규 좀 살려 주십시오, 제발요! 이제 갓 경찰 생활을 시작한 신참입니다."

30대 중반으로 보이는 남자가 애원하며 고함 교수에게 매달렸다.

그 역시, 경찰복을 입고 있었다.

"네네, 최선을 다하겠습니다. 응급조치를 해야 하니, 밖에서 대기해 주십시오."

"알겠습니다! 제발요! 제발 살려 주십시오. 불쌍한 놈입니다!"

엉엉엉, 남자가 힘없이 바닥에 주저앉아 대성통곡을 했다.

"젠장, 얼른 베드 위에 올려놓으세요!"

"네, 알겠습니다."

"김윤찬 선생, 바이탈 체크하고 환자 의식 있나 살펴봐."

"네, 교수님."

잠시 후 확인 결과, 활력 징후는 희미했으며 의식은 완전히 없는 상황이었다.

아마도 칼에 찔리면서 쇼크가 와 의식을 잃은 것 같았다.

"교수님, 혈압 50/30에 의식 없습니다!"

"일단, 에피네프린(승압제) 1앰풀 투여하고, 환자 피 확인부터 해. 지혈부터 해야겠어. 젠장, 폐를 관통한 것 같은데?"

환자의 상태를 살펴보던 고함 교수의 표정이 심각해졌다.

"네, 알겠습니다."

폐가 흉기에 의해 찔렸다는 것.

모든 장기가 다 그렇겠지만, 폐 역시 흉기에 찔리게 되면 치명적이었다.

사람의 폐는 잘 알다시피 두 쪽으로 구성된다.

이 폐는 늑막이라고 하는 공기가 없는 주머니 속에 들어가 보호를 받고, 펴진 상태를 유지하고 있다.

하지만 날카로운 흉기에 의해 늑막이 찢어지게 되면 그 사이로 공기가 들어가게 되고, 그렇게 되면 폐는 순식간에 쪼그라들게 된다.

이렇게 바람 빠진 풍선처럼 폐가 쪼그라들게 되면 공기의 순환이 이뤄지지 않아, 폐로서 그 기능을 못 하게 된다.

다만, 이렇게 되더라도 한쪽 폐가 멀쩡하다면 사망하지는 않는데, 계속 방치하면 이 또한 문제가 생긴다.

칼에 의해 생긴 구멍을 통해 흉곽으로 공기가 빨려 들듯 유입되면, 반대편에 있던 멀쩡한 폐도 압력을 받아 숨을 못 쉬게 된다.

그게 흔히 말하는, 텐션 뉴모소락스(긴장성 기흉)다.

이렇게 한쪽 폐가 완전히 망가져 버린 상황, 또 다른 정상적인 폐마저 손상을 입으면 환자는 사망하게 된다.

지금의 상태에서 할 수 있는 최선의 응급조치는 지혈과 함께 흉막천자로 흉곽에 가득 찬 공기를 빼 준 후, 응급 폐 절제 수술을 하는 것이었다.

"교수님, 제가 천자 하겠습니다. 교수님은 수술 준비해 주십시오."

우선 흉곽 속에 쌓인 공기를 빼 주는 것이 최우선 과제였다.

"그래 주겠나?"

"네, 제가 하겠습니다."

잠시 후.

"빨리, 환자 수술방으로 옮깁시다. 빨리!"

천자로 흉곽의 공기를 빼내는 건 응급조치일 뿐이었다. 피가 솟구치는 것으로 볼 때, 쇄골하동맥을 건드렸을 수도 있고, 세균이 침투해 폐혈증이나 파상풍에 감염될 위험도 있었다.

최대한 빠른 시간 안에 박힌 칼을 뽑아내고 괴사된 폐를 잘라 내는 것이 이 환자를 살릴 수 있는 유일한 방법이었다.

"네, 알겠습니다."

드르르륵.

호출을 받고 내려온 흉부외과 수련의들이 스트레처 카에 환자를 싣고 수술실로 향했다.

정확히 오른쪽 가슴을 찔린 이 경찰.

보통 전문가(?) 짓이라면 이렇게 노골적으로 상반신을 공격하지 않는다.

보통은 하반신을 공격한다.

공격에 성공해 동맥을 찌르면 소기의 목적을 이룰 것이고, 만약 실패하더라도 법정에서 허벅지나 종아리 등 직접적 사망과 연관이 없는 곳을 찌르려 했다고 주장하기 위함이었다.

적어도 상대를 죽일 의도는 없었다는 것을 항변해 감형받으려는 의도다.

그런데 이 경찰관은 정확히 오른쪽 가슴을 찔렸다.

그 얘기는 가해자가 전문가(?)가 아니라는 것. 가해자가 우발적인 충동에 의해서 범행을 저질렀을 가능성이 높았다.

그렇다면 왜 이 경찰관은 칼에 가슴을 찔린 것일까?

일주일 전 서부1동파출소.

따르르릉, 따르르릉.

"네, 서부1동파출소, 원동규 순경입니다."

—…….

"네네, 알겠습니다. 출동 지역 주소 좀 말씀해 주십시오. 바로 출동하겠습니다!"

다급한 상황을 감지한 원동규 순경이 재빨리 볼펜을 집어

들었다.

—…….

“네, 바로 출동하겠습니다!”

“뭐야? 왜 그래, 원 순경?”

옆에서 짜장면을 먹고 있던 경장 최상국이 물었다.

“방금 센터로 신고가 들어왔는데, 출동해야 할 것 같습니다. 서부 1동 산 234-1번지 늘푸른 빌라입니다.”

원동규 순경이 자리에서 벌떡 일어났다.

“신고? 무슨?”

“네, 아무래도 가정 폭력 사건인 것 같아요! 10대 아이로부터 신고가 접수됐대요.”

“장난 전화 아냐? 요즘 중2병 걸린 애들이 종종 그런 장난을 치더라고.”

최상국 경장이 대수롭지 않다는 듯이 받아들였다.

“장난 전화든 아니든 신고가 들어왔으니 출동해야죠.”

“아씨, 지난번에도 장난 전화였잖아? 요즘 애새끼들은 할 일이 그렇게 없나? 다들 왜 그러는 거야?”

“하아, 경장님!”

“그래, 알았어. 하여간, 밥 한 끼 제대로 먹을 시간이 없다니깐.”

최 경장은 별거 아니라는 듯이 계속 자장면을 먹었다.

“최 경장님, 빨리 가시죠! 바로 출동해야 합니다.”

걱정이 되는지 원동규 순경이 최상국을 재촉했다.

"알았다고! 한 젓가락만 더 먹고! 오늘 하루 종일 아무것도 못 먹었다고!"

후루룩, 최상국은 흡입하듯 자장면 그릇을 비웠다.

♥

잠시 후, 늘푸른 빌라에 도착한 두 사람.

띵동! 띵동!

초인종을 눌렀다.

"누구십니까?"

한 중년의 남자가 문을 빼꼼 열고 얼굴만 내밀었다.

마른 체구에 평범하게 생긴 중년의 남자였다.

"네, 서부1동파출소에서 나왔는데, 이 집에서 신고가 들어와서요."

"신고요?? 무슨 일로요?"

남자가 아무것도 모른다는 듯 시치미를 뗐다.

"뭐, 신고자가 아드님 같은데, 안에 계십니까? 몇 가지 확인을 해 봐야 할 것 같습니다."

최상국 경장이 벌어진 문틈 사이를 힐끗거리자 남자가 몸으로 그의 시야를 가렸다.

"아…… 우리 애가 신고를 했다고요? 무슨 신고요?"

중년의 남자가 난감한 표정을 지었다.

"네, 방금 전에 폭력 신고 접수를 받았습니다. 상황을 좀 살펴봐야 하니, 실례지만 안으로 들어가도 되겠습니까?"

옆에 있던 원동규 순경이 심각한 표정으로 물었다.

"하아, 그건 좀 곤란한데."

"저희는 신고를 받았으니, 확인을 해야 할 의무가 있습니다. 문을 열어 주시죠."

신고가 들어왔다고 세대주의 허락 없이 함부로 들어갈 순 없었다.

"무슨 폭력이란 겁니까?"

"아드님이 분명 신고를 했습니다."

"아니, 집 안에서 별거 아닌 일로 좀 투닥거릴 수도 있는 거지. 그런 걸로 경찰이 여기까지 오십니까? 그렇게 할 일이 없으세요?"

"별거 아닌지는 확인해 보면 알 것 아닙니까? 문을 좀 열어 주시죠."

"지금 장난합니까? 이거 가택침입 아니에요? 경찰청에 신고할까요?"

"네! 신고하십시오! 됐죠? 그러면 안으로 들어가겠습니다. 문 열어 주십시오."

원동규 순경은 남자에 말에도 아랑곳하지 않고 자신의 뜻을 굽히지 않았다.

"아니, 민주 경찰이 이래도 되는 거야, 어? 뜨거운 맛을 좀 봐야 정신 차릴 거냐고? 이파리 두 개 주제에 겁대가리 없이……."

남자가 밀고 들어가려는 원동규 순경을 손으로 밀쳐 냈다.

"아아, 선생님, 죄송합니다. 저희 입장에선 어쩔 수 없어요. 이 집에서 신고가 들어왔으니 당연히 확인은 해야죠. 그러니까 노여움 푸시고, 잠깐만 확인하겠습니다. 네?"

남자가 발끈하며 나서자 최상국 경장이 중재에 나섰다.

"하아, 진짜 귀찮게 구네! 좋아요, 그렇다고 해도 내 집에 낯선 사람 발을 들이기는 싫고, 마누라 대면시켜 드리면 되는 거 아닙니까?"

"네? 아, 네. 그러면 될 것 같습니다."

"알았수, 잠시 기다리쇼."

쾅, 남자가 현관문을 세차게 닫아 버렸다.

"최 경장님, 이거 안으로 들어가야 하는 것 아닙니까? 저 남자 입에서 술 냄새도 풀풀 나는데?"

"됐어! 이깟 일로 안으로 들어갔다가 괜히 가택침입이니 사생활 침해니 하면 골치 아파. 아내 되시는 분 만나 보면 알겠지."

"아닌데……. 이거 느낌이 너무 안 좋은데요?"

"됐다고! 넌 그냥 가만히 있어. 내가 알아서 할 테니까."

최상국 경장이 원동규 순경을 뒤로 물렸다.

삐그덕, 그사이 문을 열고 밖으로 나오는 한 여자. 남자의 아내인 모양이었다.

"무슨 일이세요?"

"아, 네. 신고가 접수되어서요. 별일 없으십니까?"

최상국 경장이 여자의 안색을 살폈다.

"네에. 일은 무슨요. 아무 일 없습니다."

"정말입니까?"

"네, 그럼요. 아무 일 없어요. 우리 애가 장난 전화를 한 것 같아요. 그러니까 그만 돌아가 주세요."

"정말 괜찮으신 거죠?"

최상국이 반쯤 열린 문틈 사이로 안을 살피려 하자, 여자 뒤에 서 있던 남자가 가로막았다.

"네에, 그러니까 그만 돌아가 주세요. 우리 저녁 먹을 시간이에요."

"넵, 알겠습니다! 아이는 잘 좀 타일러 주십시오. 자꾸 이렇게 장난 전화 하면 안 됩니다."

"네, 알겠습니다. 죄송합니다."

"됐죠? 그럼 문 닫겠습니다!"

쾅, 대화가 끝나자 남자가 보조 잠금장치를 걸어 내더니 세차게 문을 닫아 버렸다.

"성질하곤! 자, 가자고, 원 순경!"

"최 경장님, 이거 이상합니다! 저 아주머니 눈빛 보셨어

요? 눈동자가 막 흔들렸다고요! 이거 뭔가 일이 난 게 틀림없어요."

"됐어! 남의 가정사야. 우리가 끼어들 일이 아니라고. 가뜩이나 연말이라 취객들도 많고 음주 사고도 많은데, 이런 데 신경 쓸 여유 없다고."

"아닙니다! 아주머니 입고 있는 옷 보셨어요?"

"무슨 옷? 코트 입고 있었잖아?"

"그거 이상하지 않아요?"

"뭐가 이상해? 외출하려나 보지?"

"그러니까요. 외출하려는 사람이 롱코트에 하의는 잠옷 차림입니까? 뭔가 몸을 가리려고 입은 게 틀림없어요."

원동규 순경은 의심의 눈초리를 버리지 않았다.

"몰라, 몰라! 괜히 끼어들었다간 우리만 곤란해져!"

삐리리리, 삐리리리.

그 순간 울리는 무전기.

-최 경장님! 서부역사거리에서 취객끼리 시비가 붙어 싸우고 있습니다. 얼른 출동하시죠!

-알았다. 간다, 가! ……거봐라, 우리가 한가하게 남의 집 일에 끼어들 상황이 아니야. 동규야, 빨리 가자."

무전을 받은 최상국이 고개를 내저었다.

"……네, 알겠습니다. 아무튼, 전 내일 다시 올 겁니다. 반드시 아주머니와 아이를 만나 봐야겠어요. 저 남자 눈빛이 너무 안 좋아요."

"동규야, 괜한 오지랖 피우지 말라니깐!"

"그래도 전 확인할 겁니다."

"어휴, 그건 네 맘대로 하고, 빨리 가자, 응?"

"네, 알겠습니다."

되돌아가면서도 원동규 순경의 시선은 현관문에 고정되어 있었다.

그날 밤.

'아닌데……. 이건 분명 그냥 넘어갈 일이 아닌데?'

당직을 서고 있던 원동규 순경. 낮에 자신에게 전화를 걸었던 아이의 울부짖음이 도저히 잊히질 않았다.

'잠깐! 그러고 보니 아들이 신고를 했는데, 왜 아내를 내보냈지? 난 분명 아주머니가 폭력을 당했다고 하지도 않았는데? 대면을 시키려면 아들을 시켜야 하는 거 아닌가? 그래, 분명, 뭔가 있어!'

벌떡, 원동규 순경이 스프링처럼 자리에서 벌떡 일어났다.

"최 경장님, 좀 일어나 보세요!"

"뭐, 뭐야?"

원동규 순경이 숙직실에서 단잠을 자고 있던 최상국 경장을 깨웠다.

"빨리 일어나세요!"

"뭐, 뭐야? 소장님 나오셨어?"

빨리 일어나라는 말에 최 경장이 자리에서 벌떡 일어났다.

"아뇨. 그게 아니고, 아까 낮에 신고 들어왔던 늘푸른 빌라 301호요! 거기에 가 봐야 할 것 같아요."

"무슨 개소리를 하는 거야? 거길 왜 가?"

벌러덩, 최경장이 짜증이 밀려왔는지 다시 누워 버렸다.

"하아, 경장님! 가 봐야 합니다. 이거 너무 이상해요. 우린 신고자 얼굴도 못 보고 왔잖아요. 분명 뭔가 있어요. 아이도 그렇고 그 아주머니도 위험해요! 느낌이 좋지 않습니다."

"야, 인마! 나도 느낌이 졸라 안 좋아. 방금도 소장님 꿈 꿨거든. 동규야! 오지랖 그만 피우고 우리 그냥 좀 쉽게 살자. 응?"

"할 수 없죠. 그러면 저 혼자라도 가 보겠습니다."

"에라이! 너 혼자 간다고?"

최상국 경장이 짜증 섞인 표정으로 몸을 반쯤 일으켜 세웠다.

"그럼 나는?"

"맘 편히 주무시면 되잖아요?"

"어이없네? 상급자라는 놈이 하급자 근무지 이탈시켜 놓고 맘 편히 자라고? 그러다 소장님 불쑥 들어오시면?"

"그야 저도 모르죠."

"알았다. 가자, 가!"

최상국 경장이 어쩔 수 없다는 듯이 이불을 걷어차며 일어났다.

"정말요?"

"그래, 인마! 하여간 아무 일도 없으면 넌 내 손에 죽는 거야?"

"당연히 아무 일이 없어야죠. 당연히!"

"그래, 가자! 가!"

최상국 경장이 어쩔 수 없이 원동규 형사를 따라나섰다.

늘푸른 빌라 301호.

불안한 예감은 틀리는 경우가 없다고 했던가?

원동규 순경의 말대로 이미 사건은 벌어지고 말았다.

"아악!"

두 경찰이 현관 앞에 다가가자 여자의 날카로운 비명 소리가 반쯤 열린 현관문 사이로 흘러나왔다.

"이, 이게 무슨 소리지?"

깜짝 놀란 최상국 경장이 문 앞에서 발걸음을 멈췄다. 그러고는 열린 현관문 틈 사이로 고개를 내밀어 조심스럽게 안쪽을 살피더니 잽싸게 늘어뜨린 목을 움츠리며 문에서 돌아섰다.

"경장님, 왜 그러십니까?"
"아, 아무것도 아니야. 일단, 잠깐만!"
꿀꺽, 마른침을 삼켜 넘기는 최상국 경장. 현관 문고리를 꽉 잡고 있었다.
"무슨 일이냐고요? 안에 무슨 일이 났습니까?"
"휴, 흉기를 들고 있어. 어쩌지?"
"누가요? 아까 낮에 그 남자요?"
"그래. 일단 저 사람 눈이 헤까닥 돌아간 게, 제정신이 아닌 것 같으니까, 지원 요청부터 하자. 저, 미친놈! 우리 둘이선 제압이 불가능해!"
"뭐라고요? 그게 말이 됩니까? 그럼 안에 있는 아이와 아주머니는요?"
"그, 그래, 그렇긴 한데, 우리 가지고는 안 된다니까? 저 인간 지금 제정신이 아니야!"
쿵쿵쿵쿵!
"뭐야? 어떤 쥐새끼 같은 것들이 엿보는 거야?"
그 순간, 인기척을 눈치챈 남자가 성큼성큼 현관 쪽으로 걸어오는 소리가 들렸다.
"경장님! 우리 둘이면 충분히 제압 가능합니다. 지금 들어가지 않으면 무슨 불상사가 일어날지 몰라요!"
"야이, 새끼야! 너 미쳤어? 너 목숨이 몇 개라도 돼? 저 미쳐 날뛰는 인간을 우리가 어떻게 당해?"

"됐고요! ……제가 안으로 들어갈 테니까, 경장님은 바로 지원 요청하세요! 그럼 됐죠?"

"아씨, 그래? 그, 그럼 알았어. 너, 조심해야 한다? 최대한 자극하지 말고? 어?"

"알았어요. 빨리 지원 병력 요청하세요!"

"아, 알았어. 금방 올게!"

후다닥, 그렇게 최상국 경장이 서둘러 계단을 내려갔고, 원동규 순경은 현관문을 열고 안으로 들어갔다.

우당탕탕, 억!

그렇게 최상국 경장이 빌라 계단을 채 다 내려가기도 전에 외마디 비명 소리가 울려 퍼졌다.

수술실로 옮긴 원동규 환자.

쌔액쌔액.

흉부를 관통한 부엌칼로 인해 찔린 흉터 사이로 공기가 드나들고 있었다. 날숨과 들숨이 반복되면서 공기가 순환해 완전 폐쇄가 불가능한 상황이었다.

"이거, 제거해야겠지?"

고함 교수가 원동규 순경의 가슴팍에 박힌 칼을 턱짓으로 가리키며 내게 눈빛을 보냈다.

"호흡이 굉장히 불안정합니다. 기관 삽관을 유지한 채, 조심스럽게 제거해야 할 것 같습니다."

"그렇게 하도록 하지. ……젠장! 복합 골절이야. 게다가 횡경막까지 잡아먹어 버렸네."

고함 교수의 눈썹이 꿈틀거렸다.

원동규 환자의 가슴을 절개해 확인해 보니, 가해자가 찔러 넣은 칼에 의해 몇 개의 늑골이 작살나 있었으며, 날카로운 칼끝은 흉강을 지나 폐를 관통했다.

그리고 그것도 모자라 횡경막을 갈기갈기 찢어 놓았고 그 칼끝의 종착역은 비장이었다.

"이 정도면 몸의 무게중심을 실어 가격한 게 틀림없는데 말이야. 이런 나쁜 놈!"

고함 교수가 자신의 눈앞에 벌어진 처참한 광경을 믿을 수 없다는 듯이 쳐다보고 있었다.

"일단 지혈부터 하셔야 할 것 같습니다, 교수님!"

"그래야겠지. 황 선생! 일단 피 몇 개나 있지?"

"……20개 있습니다."

황 간호사가 냉장 캐비닛을 열고 혈액 팩을 확인한 후 대답했다.

"20개는 더 있어야 할 것 같아. 확보해 두도록!"

"네, 알겠습니다."

이제부터가 본격적인 수술.

이제 집도의가 해야 할 일은 가슴에 꽂힌 칼을 제거하기 위해, 웅크린 자세를 유지한 채 환자의 몸을 오른쪽으로 틀어 조심스럽게 제거 수술을 하는 것이었다.

자칫 잘못했다가는 칼에 눌려 있던 혈관 속의 피가 솟구쳐 수술방 천장을 뚫고 나갈지도 모르는 상황이었다.

울컥울컥.

가뜩이나 온천수가 뿜어져 나오듯 쉴 새 없이 솟구쳐 나오는 핏줄기 덕분(?)에 고함 교수와 나의 수술복은 이미 붉게 물들어 있었다.

"일단 비장동정맥, 물어 놓겠습니다."

피가 솟구치는 상황이었고, 장기 중 가장 연약한 장기가 비장이었기에 그곳에서 뿜어져 나오는 피가 완전히 시야를 가리고 있었다. 난 혈관겸자를 활용해 비장동맥을 잡아 놓았다.

이렇게라도 해 놔야, 최소한 피가 솟구치는 참사는 막아낼 수 있다.

"좋아!"

그러자 고함 교수가 만족한 듯이 고개를 끄덕였다.

이제 조심스럽게 박힌 칼을 빼내면 되는 상황.

CT를 유심히 살피며 칼을 제거하고 있는 고함 교수의 이마가 피와 땀으로 흥건히 젖어 있었다.

톡톡톡.

"윤 선생, 고마워요."

그 모습에 윤지혜 간호사가 거즈로 고함 교수의 이마에서 흘러내리는 땀방울을 닦아 주었다.

수술방은 숨 막힐 듯한 긴장감으로 쥐 죽은 듯이 고요했다.

툭!

마침내 성공.

고함 교수는 조심스럽게 폐에 박혀 있는 칼을 뽑아내 수술 쟁반 위에 올려놓았다.

칼날의 길이만 약 20센티 정도인, 시뻘겋게 피를 먹은 부엌칼이었다.

"황 간호사, 칼 손잡이에 지문이 남아 있을 거야. 결정적인 증거가 될 수 있을 테니까, 조심히 다루도록 하세요."

"네, 알겠습니다, 교수님."

황 간호사가 멸균 장갑을 끼고는 조심스럽게 쟁반 위에서 칼을 꺼내 지퍼 팩에 담았다.

폐에 박힌 칼을 분리하는 것까지는 성공. 하지만 모든 수술이 마무리된 것은 아니었다.

이제 옆으로 눕혀 놨던 환자를 정자세로 바꾸고 개복해 너덜너덜해진 비장을 절제하는 단계가 남았다.

"이제 제가 나서야 할 때입니까?"

"그래. 부탁해, 성 교수!"

"네, 걱정 마십시오."

이번에는 그동안 대기하고 있던 GS(일반외과) 성시훈 교수의 차례였다.

곧이어, 원동규 환자의 복부 정중앙을 절개한 성시훈 교수가 어렵지 않게 너덜너덜해진 비장을 적출했다.

비장이란 장기.

애물단지다.

혹자는 비장이 간장처럼 재생된다고 하지만, 그건 새빨간 거짓말이다.

비장은 연두부같이 연약해서 작은 충격에도 금세 망가지는 습성이 있다. 따라서 비장은 손상되면 들어내는 것이 맞다.

"적출 다 했습니다. 안쪽을 살펴보니까 다행히 비장 외에는 멀쩡하네요. 다른 장기 손상은 없습니다. 이 친구! 하늘이 도왔어요."

툭, 성시훈 교수가 너덜너덜해진 비장을 쟁반 위에 올려놓았다.

이제 수술의 9부 능선은 넘은 셈이다.

이제 환자를 다시 오른쪽으로 눕혀 갈기갈기 찢긴 횡격막과 이미 손상될 대로 손상된 폐를 제거하기만 하면 환자를 살려 낼 수 있는 상황이었다.

"천만다행이군!"

성시훈 교수의 말에 고함 교수가 안도의 한숨을 내쉬었다.

"이제 전 가 봐도 되겠습니까? 다른 수술이 있어서요."

"당연하지. 수고했어, 성시훈 교수!"

"그나저나 교수님, 이 친구 경찰이라고 했죠?"

"어, 경찰 맞아."

"그렇군요. 이 친구, 집념이 대단한 것 같습니다. 이것 보세요."

성시훈 교수가 조심스럽게 핀셋으로 무언가를 들어 올려 보였다.

"이거 뭐지? 천 조각 같은데?"

"맞습니다. 이것도 증거가 될 수 있을 것 같군요. 환자가 사경을 헤매는 그 순간까지 손에 쥐고 있던 겁니다."

"……그렇군."

"네, 교수님! 이 친구 꼭 좀 살려 주십시오."

"최선을 다해 보겠네."

"네."

"황 선생, 이것도 잘 좀 보관해 줘요."

"네, 교수님."

고함 교수가 천 조각을 건네자 황 간호사가 조심스럽게 밀폐 용기에 넣어 보관했다.

"자…… 이제 수술 마무리합시……."

띠리리리.

그 순간, 수술방 전화벨 소리가 요란하게 울렸다.

"교수님, 전화 받아 보셔야 할 것 같은데요?"

전화를 받은 황 간호사의 표정이 심각했다.

"어딘데?"

"11번 수술방입니다."

"11번 수술방?"

"네, 원동규 환자 실려 오고 얼마 되지 않아 환자가 실려 왔다네요."

"누구?"

"저도 잘은 모르겠습니다. 전화받아 보시죠. NS(뇌신경외과) 김충호 교수님이십니다."

"알았어."

고함 교수가 다가오자 황 간호사가 수화기를 대 주었다.

"김 교수, 나야. 무슨 일이야?"

—…….

"그래서?"

—…….

"……알았어. 바로 넘어갈 테니까 기다려."

고함 교수가 심각한 표정으로 고개를 끄덕였다.

"무슨 일입니까, 교수님?"

"가해자가 우리 병원에 실려 왔다는군."

"가해자라면?"

"그래, 이 환자 이 꼴로 만들어 놓은 악마 같은 놈!"

고함 교수가 어금니를 악다물었다.

“그래서요?”

“김 교수 말로는 환자 심장 상태가 안 좋다고 하네.”

“가실 겁니까?”

“안 가면? 환자 죽일 셈이야?”

“아, 아닙니다. 잘 생각하셨습니다.”

“내 신조가 죗값은 반드시 치러야 한다거든. 그 인간, 반드시 살려 내서 그 죗값 다 치르게 할 생각이야. 이대로 죽어서는 절대로 안 돼.”

“네, 교수님! 저도 동감입니다.”

“그나저나 원동규 환자, 자네한테 맡겨도 되겠나? 아무래도 내가 넘어가야 할 것 같은데?”

“네, 맡겨만 주시면 최선을 다하겠습니다.”

“흉벽 근육이 심하게 손상되었을 거야. 그래도 괜찮겠어?”

“11번 늑골 와이어로 고정시킨 후에 주변 근육을 추출해 전위시키면 크게 문제없을 것 같습니다.”

“그래, 그렇게 하면 돼! 자네라면 충분히 해낼 수 있을 거야.”

“네. 그러면 맘 편히 다녀오십시오.”

“그래, 마무리 좀 부탁해.”

“교수님! 그 인간, 꼭 벌받을 수 있도록 해 주십시오.”

“……그래, 최선을 다해 보지.”

지이이잉.

교함 교수가 잠시 동안, 호수를 물고 깊은 잠에 빠진 원동규를 물끄러미 내려다보다 발걸음을 재촉했다.

그리고 잠시 후, 계속된 수술.

"이, 이게 뭐야?"

환자를 다시 우측으로 돌려 눕힌 후 괴사된 폐엽을 제거하려는 순간, 난 당혹감을 감출 수 없었다.

내가 폐엽을 잘라 내지 않고 멈칫거리자.

"왜 그래? 무슨 일인데?"

커튼 너머로 지켜보고 있던 마취과 최 교수가 물었다.

"좌폐 절제하면 안 될 것 같습니다."

"그게 무슨 소리야? 그거 그냥 놔뒀다가는 셉틱 엠볼리즘(폐혈증) 올 수도 있는데?"

마취과 최 교수가 이해할 수 없다는 표정을 지었다

"우폐가 다 먹혔어요."

"뭐, 뭐라고?? 그게 무슨 소리야?"

우폐가 다 먹혔다는 것.

이건 또 다른 얘기였다. 칼에 찔린 것과는 상관없이 원동규 환자의 우폐에 종양이 있었던 것.

종양의 크기나 색깔 등 육안으로 볼 때, 경험상 악성종양이었다.

원동규 환자는 칼에 찔리기 전 이미 폐암을 앓고 있었던 것이 틀림없었다.

"일단, 악성종양이 맞는지 확인부터 해야 할 것 같습니다."

"하아, 확실해, 종양이?"

펠로우 1년 차의 진단.

마취과 최 교수의 입장에선 반신반의하지 않을 수 없었다.

"그러니까 확인해 봐야죠. 프로즌 섹션 바이옵시(냉동 절편 검사)를 해 봐야겠어요."

냉동 절편 검사란 응급 조직 검사로, 종양이 의심되는 병변의 일부를 잘라 내 영하 24도로 급속 냉동 시켜, 슬라이스로 얇게 잘라 상태를 확인해 보는 검사였다.

최소 30분이면 그 결과가 나올 수 있었다.

"황 간호사님, 이거요. 바이옵시 해 주세요."

난 원동규 환자의 우폐 조직 일부를 떼어 내 간호사에게 넘겼다.

"네, 그렇게 할게요."

황 간호사가 받아 든 조직을 들고 서둘러 검사실로 향했다.

"정말 악성종양이야?"

여전히 믿지 못하겠다는 듯이 마취과 최 교수가 물었다.

"제발 양성이길 바랍니다."

"그러게 말이야. 좌폐 중하엽이 완전히 망가졌는데, 우폐 마저 나가 버리면 이 환자 어떻게 되는 거야?"

"제발 아니길 바라야죠. 설사 암이라고 해도 다행히 종양의 크기가 작아 해 볼 만합니다."

"크기가 얼마나 되는데?"

"3센티 정도 되는 것 같습니다."

"크지는 않지만, 작은 것도 아니야. 이 정도면 폐엽 전체를 날려야 하는 것 아닌가?"

"아뇨. 충분히 구역 절제술이 가능할 것 같습니다."

세 개의 엽으로 구성된 좌폐, 두 개의 엽으로 구성된 우폐, 즉 총 다섯 개의 엽으로 구성된 폐를 열 개의 구역으로 세분화해 암 조직이 퍼진 구역만 절제하는 최소 엽절제술이었다.

폐엽을 열 개의 구역으로 구분하는 것도 쉽지 않을뿐더러, 그렇게 구역을 나눠 수술을 하는 것은 또 다른 문제였다.

경험이 별로 없는 흉부외과 펠로우 1년 차가 할 수 있는 수술이 아니었다.

"구역 절제술? 그걸 자네가 할 수 있겠어?"

마취과 최 교수의 당연한 반응이었다.

"악성종양이 아니길 바랄 뿐입니다."

"그러니까, 악성종양이 맞다면 하겠다는 거냐고?"

"할 수 있는냐가 아니라 해내야 합니다. 이 환자, 이대로

보낼 수 없으니까요."

"어휴, 고함 교수도 쉽지 않은 수술이야! 이걸 어떡하나?"

마취과 최 교수가 눈을 질끈 감았다.

"해 보겠습니다. 우선 검사 결과 먼저……."

"김윤찬 선생님, 결과 나왔어요."

잠시 후, 검사실에서 검사 결과가 나온 모양이었다.

"어떻습니까?"

"악성인 것 같은데요."

"……."

결국, 우려대로 우폐에서 절제된 조직은 악성종양이었다.

"아이고야, 하늘도 무심하시지. 어쩌다가……."

청천벽력과도 같은 소리.

왼쪽 폐는 칼에 찔려 상당 부분이 훼손되어 괴사했고, 오른쪽 폐 하엽에는 암 조직이 자라고 있었다.

단순히 왼쪽 폐를 날려 버릴 수도 없었고, 그렇다고 괴사된 채로 놔둘 수도 없는 진퇴양난의 순간이었다.

"김윤찬 선생, 일단 덮자. 이건 김윤찬 선생이 할 수 있는 수술이 아니야. 게다가 지금 다른 교수들도 다들 수술 중이라 호출도 안 돼."

마취과 최 교수가 고개를 절레절레 흔들었다.

"……."

"뭘 그렇게 고민해! 지금 자네가 할 수 있는 건 아무것도 없어."

"지금부터 우폐는 구역 절제술로, 좌폐는 괴사된 부분만 최소 절제하고 살려 보도록 하겠습니다."

"하, 하겠다고?"

"네, 그렇습니다. 그냥 이대로 놔두게 되면 환자는 폐혈증으로 죽거나 암이 전이되어 손쓸 수 없습니다."

"후우, 이게 최선이야?"

"네, 방법이 없습니다. 고함 교수님은 지금 이 자리에 안 계시니까요."

"좋아! 어디 김윤찬이 손 한번 믿어 보자고. 마취 연장해야겠네? 환자한테 상당히 무리가 될 텐데……."

"아뇨, 시간 내에 끝내겠습니다."

"뭐라고? 시간 내에 끝낸다고?"

"네."

"헐, 미치겠네. 좋아! 하는 데까지 해 보자고."

"네, 부탁드립니다."

그렇게 해서 다시 시작된 수술. 우폐에 생긴 암을 제거하고 좌폐의 괴사 조직을 덜어 낸 다음, 최대한 폐를 살리는 고난이도 수술이었다.

가슴을 완전히 열고 우폐를 확인하는 순간, 상태는 생각보다 심각했다.

"림프절이 완전 돌덩어리네."

우폐에 생긴 암이 다른 조직에 전이되었는지 확인하기 위해서는 림프절을 절제해 봐 해야 했다.

하지만 딱딱하게 굳어 버린 림프절이 부어올라 폐 조직과 협착되어 잘 분리되지 않았다.

"하아, 램프 없이 탄광에 들어간 기분이군요."

"정말 괜찮겠어??"

불안한지 최 교수의 얼굴이 자꾸 커튼 너머로 올라왔다.

"해 보겠습니다. 램프 없다고 석탄 못 캐는 건 아니니까요."

"좋아! 일단 환자 활력 징후는 나쁘지 않아. 다만, 2시간 안에 가슴 닫아야 하는데, 정말 괜찮겠나?"

"해 보겠습니다."

"그래, 지금은 자네가 집도의니까, 맘대로 해 봐. 최대한 서포트할 테니까."

"네, 감사합니다."

치지직.

서걱서걱.

치지직.

서걱서걱.

폐 조직과 협착된 림프절을 떼어 낸다는 것은 매우 힘든 작업이었다.

자칫 혈관을 건드릴 수도 있고, 멀쩡한 조직에 커다란 상처를 입힐 수도 있는 작업이었기에 고도의 숙련된 손놀림이 절대적으로 필요했다.

서점에 전시된 랩으로 둘러싼 신간처럼, 폐 조직과 림프절은 맞닿아 있었다.

식도는 물론이고 폐동맥, 폐정맥까지 이 림프절이 그물처럼 얽혀 있었다. 자칫 잘못해 혈관을 건드리는 순간, 끝장이다.

가뜩이나 출혈이 많았던 환자를 생각한다면 치명적일 수밖에 없었다.

양파 껍질을 벗기는 게 아니라, 양파 표면의 얇고 미끄러운 막을 벗겨 내는 것과 유사하리라.

그렇게 얇게 박리해 이 림프절을 벗겨 내는 일은 아무리 베테랑이라 할지라도 결코 쉽지 않았다.

하지만 난 단순한 펠로우 1년 차가 아니라, 베테랑 흉부외과 써전 김윤찬이다!

"정말 다 긁어 낸 거야? 아후, 그 어려운 걸 해내네."

마취과 최 교수가 땅이 꺼져라 한숨을 내쉬었다.

"네, 이게 제발 전이된 것만 아니었으면 좋겠네요. 황 간호사님, 검사 부탁합니다."

툭, 난 차돌처럼 딱딱하게 굳어진 림프절을 트레이 위에 올려놓았다.

"네, 한 20분 정도 걸릴 것 같네요."

이렇게 돌덩이처럼 굳어 버린 림프절이 암세포가 전이된 것만 아니라면, 제발 단순 염증이기만 하다면 어떻게든 난, 이 환자를 살려 낼 자신이 있었다.

제발! 제발 암세포만 아니길…….

림프절이 검사실로 들어가는 순간부터 검사 결과가 나오기까지 걸리는 시간은 20분!

피가 마르고 목이 바짝바짝 탔다.

째각째각.

느릿느릿 흘러가는 시간, 지금까지 살면서 20분이란 시간이 이렇게 길게 느껴진 적은 없었다.

"김윤찬 선생님, 결과 나왔어요!"

그리고 마침내 나온 결과. 황 간호사의 목소리가 하이 톤인 걸로 봐서 결과는 나쁘지 않은 듯했다.

"뭡니까?"

"암전이 아닙니다! 단순 염증이에요!"

다행이었다.

천만다행이었다.

석화되어 딱딱하게 굳어진 림프절은 암세포가 전이된 것이 아니라 염증이었다.

이게 암세포가 아니라 염증이라는 건 폐 전체를 들어내지 않아도 된다는 뜻.

결국, 내 말대로 우폐의 최소 부분만 절제해도 충분히 폐 기능을 할 수 있다는 뜻이었다.

그렇다면 희망이 보인다!

"교수님, 그러면 우폐 절제하겠습니다."

"오케이! 이제부터 제대로 실력 발휘 한번 해 보라고!"

"네. 보비 주세요."

"네, 여기 있습니다."

치지지직, 서걱서걱.

보비로 암세포를 녹여 버리듯 조직을 갈라내고, 메스를 들고 암세포를 떼어 낸다.

빠르지만 정교하게, 정교하지만 세심하게.

멀쩡한 폐 조직을 최대한 살리면서 암세포만 떼어 내야 했다.

짹각짹각.

좀 전과는 달리 10분이 1초 같은 느낌이었다.

내 손은 바빠졌고, 함께 수술을 돕고 있던 스태프들의 손길도 바빠졌다.

수술진의 눈동자는 모니터와 벌어진 환자 가슴을 왔다 갔다 바삐 움직이고 있었다.

"심장 쪽까지 침범한 건 아닌 것 같네!"

모니터를 살펴보던 최 교수가 안도의 한숨을 내쉬었다.

"네, 심장 벽은 살릴 수 있을 것 같습니다."

"오케이! 이제는 할 만하네. 깨끗하게 제거만 한다면 생명에는 지장 없겠어!"

"네, 그렇습니다."

그렇게 흘러간 시간 1시간여.

이제 마취과 최 교수님과 약속한 시간이 거의 다 되어 갔다.

"적출 끝났습니다!"

휴우, 마치 고온의 사우나에 들어갔다 나온 기분이었다.

온몸이 후끈 달아올라 있었으며, 땀인지 핏물인지 구분을 할 수 없는 액체들이 뒤섞여 끈적이고 있었다.

하지만 모든 수술을 성공적으로 해냈다는 것. 내 앞에 누워 있는 이 환자가 다시 환하게 웃을 수 있다는 것.

의사한테 이보다 더 큰 희열이 있을까?

그렇게 난, 불가능에 가까워 보였던 수술을 성공적으로 끝마칠 수 있었다.

"와!"

"대단해!"

여기저기서 환호의 목소리가 울려 퍼졌다. 긴장이 풀렸는지 그 환호성에 다리가 후들거렸다.

"마무리는 현주 선생이 해 줄 수 있겠어요?"

"물론입니다, 선생님! 제가 지금 뭘 본 건지 모르겠습니다. 이거 꿈은 아니죠?"

레지던트 4년 차 김현주 선생이 어안이 벙벙한 표정으로 물었다.

"제가 장갑 벗고 한번 꼬집어 드려요?"

"아, 아닙니다. 저기 시커먼 암 덩어리를 보니까 꿈은 아닌 것 같네요."

김현주 선생이 트레이에 올려진 흐물거리는 액체 괴물(?)을 가리켰다.

"그래요. 아무튼 마무리 잘 부탁합니다. 전, 고함 교수님한테 가 봐야 할 것 같아요."

"네, 선생님! 걱정 마십시오. 저희가 최대한 가슴 잘 닫아 놓겠습니다. 고생하셨습니다."

"네, 고마워요. 나중에 밥 한 끼 같이합시다."

"네네, 저야 영광이죠!"

지이이잉.

그렇게 수술을 마친 난, 두건을 벗고 수술방을 빠져나왔다.

"고생했어, 김윤찬 선생."

수술방을 빠져나오자 고함 교수가 이미 도착해 있었다.

"보고 계셨던 겁니까?"

"그럼, 보고 있었지."

"전부 다요?"

"그래, 전부 다!"

"아…… 그러면 왜 안으로 들어오지 않으셨습니까?"

"후후후, 나보다 잘하던데 뭘."

고함 교수가 고개를 까닥거렸다.

"아, 네, 죄송합니다. 교수님의 허락도 없이 제가 무리하게 수술을 했습니다."

"사람 살리는 데, 위아래가 있는 건가? 여긴 실력 좋은 놈이 형이야. 모니터로 살펴보니 아주 잘하더군. 내가 나서면 집중력이 흐트러질 것 같더라고."

"아, 네. 송구스럽습니다."

"됐어! 칭찬받을 일을 했는데, 왜 자네가 송구스럽나? 오늘 아주 좋은 수술을 봤어. 뭐, 좋다는 말로는 부족하고, 감동적이란 말이 더 어울릴 것 같긴 하지만."

고함 교수의 입가에 만족스러운 미소가 걸렸다.

"과찬이십니다. 아! 그나저나 그 환자는 어떻게 됐습니까?"

"글쎄. 이걸 살려 냈다고 할 수 있을지 모르겠군?"

고함 교수가 하늘을 올려다보며 눈을 깜박거렸다.

"왜 그러십니까?"

"살리긴 살렸는데, 죽었어."

후우, 고함 교수가 한숨을 내쉬었다.

"네? 그게 무슨 말씀이십니까?"

"심장을 살려 놨더니, 뇌가 죽어 버렸어."

"네? 그러면…… 브레인 데스(뇌사)라는 겁니까?"

"그래. 아직 완전히 뇌사 판정을 내린 건 아닌데, 내가 보기엔 십중팔구는 뇌사야. 두강 내로 혈류가 잡히지도 않고 자가 호흡도 불가능한 상태지. 아마, 곧 뇌사 판정을 하게 될 거야."

"……그렇군요."

"그나저나, 수술 멋지게 해 놓은 사람 얼굴이 왜 그래?"

고함 교수가 내 안색을 힐끗거렸다.

"음, 일이 좀 복잡하게 될 것 같군요."

"복잡해? 왜?"

"가해자가 뇌사 판정을 받았어요. 언론이 가만있겠습니까?"

"음, 과잉 방어? 뭐 그런 걸 운운하려나?"

"뭐, 가능성이 전혀 없진 않죠. 경찰은 살았고, 가해자는 죽었으니 말이에요. 언론이 찧고 까불기 딱 좋은 상황이잖아요. 이 사회는 얼마든지 가해자를 피해자로, 피해자를 가해자로 만들어 낼 수 있는 곳이니까요."

"설마 그러기야 하겠어? 이건 아무리 봐도 상식적이지 않잖아?"

"언제 우리가 상식이 통하는 세상에서 살았습니까?"

"흐음, 윤찬아, 그런 건 네가 신경 쓸 필요 없어. 우린 그저 환자가 생기면 살리면 그뿐이야. 눈 감고, 귀 닫고, 오로지 네 손만 믿도록 해라. 이 손은 그 누구보다 정직하니까. 넌, 오늘 완벽하게 수술을 성공시켰어. 그거면 된 거야."

툭툭, 고함 교수가 내 어깨를 두드려 주었다.

"네에."

그렇게 고개를 끄덕였지만 불안한 마음을 떨쳐 낼 수가 없었다.

며칠 후, 중환자실 앞.

불안불안했던 내 예측은 틀리지 않았다.

[경찰의 과잉 방어! 뇌사자를 만들다.]

[국민의 경찰이라던 경찰이 국민을 사지로 몰아넣다.]

어처구니없는 언론이었다.

신문 기사 속에 가해자의 가정 폭력을 온몸으로 막아 냈던 원동규 순경의 숭고한 정신은 온데간데없었다.

본말이 전도된 상황.

가해자 계진창의 가정 폭력에 대한 기사는 한 줄도 없고, 대신 원동규 순경의 과잉 진압에 대한 성토뿐이었다.

언론은 그렇게 가해자를 피해자로, 피해자를 가해자로 둔갑시키며 여론을 호도하고 있었다.

게다가 큰 수술을 받은 원동규 순경의 회복 속도는 더디었고, 간신히 의식을 회복하긴 했으나 부분 기억상실증으로 당시 상황을 정확히 기억하지 못하고 있었다.

그렇게 상황이 엉뚱한 곳으로 흘러가고 있을 즈음, 원동규 순경의 선임인 최상국 경장은 하루가 멀다 하고 원동규 순경의 병실을 찾았다.

중환자실이라 면회도 되지 않는데 말이다.

중환자실에서 원동규 환자의 진료를 마치고 나오다 최상국 경장과 마주쳤다.

"우리 동규가 기억을 잃었다고요?"

나를 보자마자 최상국 경장이 불안한 듯 물었다.

기억을 잃은 게 중요한 게 아니라, 같은 동료라면 사경을 헤매고 있는 후배의 생사가 더 중요한 거 아닌가?

"글쎄요. 일단 역행성기억상실증으로 진단할 수밖에 없을 것 같습니다."

"그, 그게 뭡니까? 영화나 드라마에서처럼 과거 기억을 전부 잃어버린 겁니까?"

"아뇨, 그런 건 아닙니다. 그런 거는 영화에서나 나오는 거고, 그렇게 완전히 기억을 잃어버리는 망각 증상은 없고요. 길게는 1, 2년 정도, 짧게는 몇 주에서 며칠 정도의 기억을 부분 상실하게 되는 겁니다."

"아, 그렇군요. 그러면 회복이 가능할 수도 있는 겁니까?"

"네, 그럴 수도 있고, 영원히 기억을 못 할 수도 있죠. 큰 쇼크로 인해 뇌가 그 기억을 완전히 지워 버릴 수도 있으니까요."

"그렇군요."

최상국 경장이 바짝 마른 입술에 침을 둘렀다.

"그나저나 신문을 보니까 상황이 이상하게 돌아가는 것 같던데, 어떻게 된 겁니까?"

"……저도 답답해 죽겠습니다."

"사건 당시 목격자들은 없었던 겁니까? 당시 상황을 고려해 볼 때, 한두 명쯤은 목격자가 있었을 텐데."

"아뇨, 전혀 없습니다. 요즘이 어떤 세상입니까? 옆집에 사람이 죽어 나가도 신경도 안 쓰는 세상 아닙니까?"

"아무리 그래도."

"다들 자기들이 피해를 입을까 봐 오히려 문을 더 걸어 잠그죠. 당시 상황을 목격한 사람이 아무도 없습니다, 젠장!"

"그렇군요. 그래도 이건 좀 아닌 것 같은데요. 원동규 순경은……."

"그렇습니다. 동규가 그렇게 섣불리 나서지만 않았어도

일이 이렇게 크게 벌어지진 않았을 텐데요. 동규가 흥분해서 자제력을 상실한 것 같습니다."

어라? 지금 내가 말한 건 그런 뜻이 아닌데?

"네? 그게 무슨 말씀이십니까?"

"원래, 범죄 현장에서 범인을 검거할 때, 우리들이 지켜야 할 몇 가지 원칙이 있어요. 최대한 범인을 자극하지 말아야 하는데, 원 순경이 당황해서 권총을 먼저 꺼내 들어 위협했던 것 같습니다. 그게 문제가 됐던 거죠."

위협했던 것 같다고? 당시에 같은 현장에 있었던 거 아닌가?

"당시에 경장님도 같이 계셨잖습니까?"

"네? 아, 네. 당연히 저도 같이 있었죠. 근데, 워낙 급박한 상황이라 제가 손쓸 겨를이 없었어요. 저도 사람인지라 당황해서 어쩔 도리가 없었습니다. 원 순경이 갑자기 권총을 꺼내 들었던지라……."

"그랬군요. 그나저나 손은 당시 사고 때 다치신 겁니까?"

최상국의 오른손에 붕대가 감겨져 있었다.

"네네, 별거 아니에요."

최상국이 붕대를 매고 있던 오른손을 주물거렸다.

최상국의 증언은 이랬다.

원동규 순경이 범인 검거 수칙을 어기고 가해자를 자극하자, 흥분한 가해자 계진창이 덤벼들었고, 원동규 순경과 엎

치락뒤치락하는 상황에서 원 순경의 가슴에 칼을 찔렀다.

그런 뒤 원 순경이 가해자를 밀치는 바람에 계진창이 넘어져 머리를 다쳤다는 것.

그 와중에 둘 사이에 끼어들어 말리면서 최상국 경장이 손을 다쳤다는 것이었다.

그리고 당시 계진창의 아내와 아이는 극도의 공포감에 휩싸여 있었고, 방 한쪽 구석에 몰려 있었기에 거실에서 벌어진 현장을 목격할 수 없었다.

사건 당사자인 계진창은 뇌사 상태, 원동규 순경은 부분 기억상실증에 걸린 상황이라 최경장의 증언을 확인해 줄 사람은 그 누구도 없었다.

그 당시 상황을 기억하고 있는 사람은 오로지 최상국 경장뿐이었다.

"네에, 아무튼 파상풍의 위험이 있을 수도 있으니, 치료 잘 받으십시오."

"네, 의사 선생님이 칼에 베여 파상풍 위험이 있다고 하더라고요."

그냥 넌지시 떠본 건데, 내가 칼에 찔렸냐고 물어보지도 않았잖아?

파상풍은 꼭 칼 때문만은 아닐 텐데 말이야.

"아, 가해자의 칼에 찔리신 거군요?"

"네? ……네, 네, 그렇습니다. 사고 현장에서 격투를 벌이다가 그만 좀 다쳤습니다."

"제가 좀 볼까요?"

"아, 아뇨. 괜찮습니다. 별거 아니에요."

최상국 경장이 은근슬쩍 자신의 오른손을 등 뒤로 감췄다.

"아, 네. 만약에 칼이 오염되었으면 파상풍의 위험이 있어요. 치료 잘 받으십시오."

"네네, 저는 상관없습니다. 그건 그렇고, 제발 우리 동규 좀 살려 주십시오, 선생님! 부탁합니다. 늙은 조모랑 단둘이 살고 있는 불쌍한 놈입니다."

당신 말인즉슨, 가해자가 휘두른 칼에 찔렸다는 거지, 그렇지?

"네, 최선을 다하겠습니다."

고함 교수 연구실.

고함 교수가 원동규 환자의 상태를 확인하기 위해 나를 자신의 연구실로 호출했다.

"원 순경은 좀 어때?"

"네, 기침을 좀 심하게 하고 있습니다."

"그거야 뭐, 폐 절제술을 한 환자의 70~80%에게서 흔히 있는 증세니까 별문제는 없을 거야. 그나저나 스퓨텀(가래)은?"

"네, 말씀대로 문제는 가래입니다. 피가 섞인 가래가 조금씩 배출되고 있는 상황입니다."

"열은 없지?"

"네, 체온은 정상입니다."

"그렇군. 폐렴이나 브롱코프로럴 피슐라(기관지 늑막루) 같은 합병증이 있을 수 있으니까 관리 잘하도록 해."

"네."

"통증은 좀 어떤가?"

"비스테로이드 계열의 진통제를 투여하고 있고, 경련이 심할 경우는 가바펜틴(항경련제)을 쓰고 있습니다."

"그렇군. 아마 통증이 어마어마할 거야. 자네가 신경을 좀 쓰도록 해. 그나저나 환자 보호자는 좀 어떤가? 가족이 할머니뿐이라면서? 연세가 꽤 되셨다고 하던데."

"네, 팔순을 넘기신 걸로 압니다. 워낙 거동이 불편하신 분이라, 장시간 병간호가 쉽지 않은 것 같습니다."

"당연하지. 그 연세에 어떻게 환자 병간호를 하나? 간병인은? 당연히 경찰 쪽에서 간병인을 구해 줘야 하는 거 아닌가?"

"그게 쉽지만은 않은 것 같더라고요. 경찰병원으로 이송하면 혜택을 볼 수 있긴 한데, 민간 병원이라 그게……."

"뭐야? 어디서 개소리를 떠들어 대는 거야? 경찰이 범인을 잡다가 다쳤는데, 경찰병원이고 나발이고 최소한의 배려는 해 줘야 할 것 아냐!"

고함 교수가 버럭 성질을 냈다.

"네, 확인해 보겠습니다."

"젠장, 말세네, 말세야. 세상이 도대체 어떻게 돌아가고 있는 거야? 칭찬은 못 해 줄망정, 언론은 과잉 방어니 뭐니 떠들어 대고 있고, 이게 말이 되나? 이 상황에서도 정치 논리가 끼어든다는 게 말이 돼?"

"그러게 말입니다."

"됐고! 당장 간병인부터 알아봐. 병원에서 안 된다고 하면 내가 나설 테니까. 알았어?"

"네, 그렇게 하겠습니다. 그나저나 교수님!"

"왜? 뭔데?"

"지난번 원동규 환자 수술 때, 제거한 칼 있잖습니까?"

"그래, 근데 그게 뭐?"

"이미 국과수에 의뢰 넘어갔나요?"

"당연하지. 중요한 증거물이니까 감식을 해야 할 것 아닌가?"

"그렇군요. 그러면 혹시 뭐 하나만 알아봐 주실 수 있습니까? 제가 알기론 국과수에 교수님 동창분이 계시는 걸로 아는데."

"지균상 교수?"

"네, 그분요."

"잘 알지. 그런데 뭘 알아봐 달라는 거야?"

"혈흔검사 결과요."

"혈흔검사 결과?"

"네, 그렇습니다."

"당연히 원동규 순경의 혈흔이 검출되었겠지. 어쩌면 가해자의 혈흔이 검출될 수도 있겠고. 그런데 그걸 자네가 알아서 뭐 하게? 게다가, 이건 수사 정보라 외부 유출이 쉽게 되질 않을 텐데?"

"그러니까 교수님께 부탁을 드리는 겁니다. 혹시, 두 사람 외에 다른 사람의 혈흔이 검출되었는지 확인을 하고 싶어서요."

"다른 사람의 혈흔? 누구?"

"최상국 경장요."

"최상국 경장이라면…… 원동규 환자 동료 말인가?"

"네, 그렇습니다. 가해자와 원동규 환자가 뒤엉켰었고, 두 사람을 뜯어말리는 과정에서 최상국 경장이 가해자의 칼에 오른손을 베였다고 해서요. 그럼 그 혈흔이 남아 있을 거 아닙니까?"

"음…… 그거야 당연히 그럴 수도 있지."

"네, 그 당연한 일을 좀 확인하고 싶어서요."

"뭐야? 자네, 지금 그 사람을 의심하는 건가? 신문 기사를 보면 그 사람 덕분에 그나마 원 순경도 목숨을 건진 것 같던데?"

고함 교수가 고개를 갸웃거렸다.

"네, 저도 언론 인터뷰에서 밝힌 그분의 증언을 믿고 싶습니다. 다만, 그 증언을 증명해 줄 그 누구도 존재하고 있지 않다는 것이 문제죠. 그래서 알아봐 달라는 겁니다. 그 칼에서 최 경장의 혈흔이 나왔는지."

"음, 너, 뭔가 짚이는 게 있는 거야?"

고함 교수가 눈을 가늘게 뜨며 물었다.

"그냥, 아직까지는 제 직감입니다만, 뭔가 찜찜한 구석이 있어서요."

"그래?"

"네, 가능하겠습니까?"

"뭐, 알아보려면 못 할 것도 없지."

"그러면 좀 부탁드리겠습니다. 한번 확인해 봐 주십시오. 자세한 건 결과가 나오면 말씀드리겠습니다."

"알았어. 내가 지 교수한테 연락을 해 볼게."

"네, 감사합니다."

최상국 경장!

반드시, 반드시 그 칼에서 당신의 혈흔이 나와야 할 겁니다!

다음 날, 고함 교수가 급히 날 호출했다.

"내 방으로 좀 와."

"네, 교수님."

"원동규 환자, 기억은 여전한가?"

"네, 대부분은 기억하고 있는데, 사건 당시 기억만 없는 것 같습니다."

"음, 충분히 그럴 수 있어. 워낙 충격이 컸을 테니까. 보통 그런 경우에 본능적으로 뇌가 기억을 회피하려고 하지. 몸 상태가 호전되면 조만간 정상으로 되돌아올 거야."

"네, 저도 그렇게 생각합니다."

"그나저나, 원동규 환자 통증은 좀 호전됐나?"

"네, 많이 좋아졌습니다. 게다가 원동규 환자가 워낙 의지력이 강해서 잘 버텨 주고 있습니다."

"그래, 수술은 잘 끝났지만, 여전히 주의를 기울여야 해. 기관지 쪽도 잘 살펴봐야 할 것이고."

"네, 알겠습니다. 그나저나 확인을 해 보셨습니까?"

"국과수 문제 말인가?"

"네."

"그래, 지 교수하고 통화했는데, 두 개의 혈흔이 발견되었다더군."

"두 개의 혈흔이라면?"

"가해자 계진창하고 원동규 순경, 두 사람의 혈흔만 발견되었어."

"최상국 경장은요?"

"아니, 그 사람의 혈흔은 없다는구먼."

"그렇습니까?"

"그래, 이렇게 되면 최상국 경장이란 사람이 거짓말을 했다는 뜻이 되나?"

"아마도요."

"그렇다면 그 사람은 왜 그런 거짓말을 한 거지?"

"글쎄요. 저도 잘 모르겠습니다. 거짓말을 했을 때는 그만한 이유가 있는 거 아닐까요?"

"그만한 이유라……."

"이유 없는 거짓말은 없으니까요. 아무튼, 이 검사 내용이 경찰에게도 넘어가겠죠?"

"당연하지. 자네 말이 사실이라면 중요한 정보니까. 이제 자네는 너무 신경 쓰지 말고 원동규 환자 관리나 신경을 쓰도록 해. 경찰이 알아서 할 문제니까."

과연 경찰이 알아서 할 수 있을까요? 제가 보기엔 둘 중의 하나는 분명 경찰 직무 수칙을 어긴 것이 틀림없습니다.

원동규 순경은 거짓말을 하지 않았고, 최상국 경장은 거짓말을 했죠. 그렇다면 수칙을 어긴 게 누굴까요?

"네, 알겠습니다."

"어휴, 하여간 이놈의 신문들은 연일 떠들어 대네. 다들 왜 그런지 몰라? 영웅으로 칭찬해도 모자랄 판에……."

툭, 고함 교수가 테이블 위에 놓인 신문을 치워 버렸다.

잠시 후, 의국.

"선배님, 나정확 기자라는 분이 찾으시던데요?"

고함 교수와 헤어진 후 의국으로 들어가자, 레지던트 3년차, 진태한이 내게 달려왔다.

"나 기자?"

"네, 지금 회진 중이시라고 했더니, 지하 카페에서 기다리신다고 하더라고요. 선배님한테 전화드렸는데 안 받으신다고."

"그래? 알았어. 원동규 환자, 통증 호소하면 가바펜틴(항경련제) 하나 놔주고, 특별한 사항 있으면 바로 콜해. 아, 거담제도 차트에 올려놔 주고."

"네, 알겠습니다. 그나저나 기자들이 하루가 멀다 하고 원동규 환자 인터뷰 좀 하자고 난리네요? 어떻게 해야 할지 모르겠어요. 저한테 이것저것 캐물어서 난감합니다."

"우리 입조심하자. 응?"

"아, 네."

"진태한 선생, 명심해. 여긴 병원이야. 오로지 환자만 생각해. 괜히 쓸데없는 추리 같은 건 하지 말고."

"아, 네."

"원동규 환자 개인 신상에 관한 그 어떤 것도 외부에 유출하지 마. 노파심에 당부하는 거야."

"네네, 명심하겠습니다."

지하 카페.

진태한의 말을 전해 들은 난, 곧바로 지하 커피숍으로 향했다.

"김윤찬 선생님! 여깁니다."

나정확 기자가 날 보더니 손을 흔들었다.

"네. 그런데 우리 병원엔 어쩐 일이세요?"

"일단, 차부터 한잔합시다. 여기요!"

그렇게 나정확 기자가 얼렁뚱땅 차를 시켰다.

그리고 잠시 후.

"듣자 하니 김윤찬 선생님이 원동규 환자 주치의시라면서요?"

뻔한 질문.

원동규 순경 사건에서 뭔가 냄새를 맡은 나정확 기자가 먼저 소스를 찾으려고 나를 만나자고 한 모양이었다.

"그래서요?"

"뭘 그래서입니까? 소스가 있으면 좀 주시죠."

"소스요? 당직실에 토마토케첩 있는데 갖다드려요?"

"어휴, 여전히 까칠하시네요. 지금 원동규 순경의 과잉 방어 건으로 난리가 났는데, 솔직히 전 생각이 다르거든요. 수사도 진행이 너무 빨라요. 뭔가 서둘러 마무리하려는 것 같거든요."

"……."

"이거 뭔가 냄새가 나거든요? 제가 제대로 한번 파 보려고 합니다."

"그럼 제대로 파 보시면 되겠군요."

"에이, 그러니까 협조를 좀 해 주십사 하는 거죠. 뭐라도 좀 있어야 저도 각 잡고 움직일 거 아닙니까?"

나정확 기자가 내 눈치를 살피며 슬슬 날 꼬드겼다.

"그러면 각 잡고 제대로 움직이시면 되겠네요."

"하아, 정말! 진짜, 뭐 좀 알고 계신 거 없으세요? 제가 원동규 순경의 누명을 벗겨 드릴 수도 있는 거 아닙니까?"

"원동규 순경이 누명이었던가요?"

"아, 그게……. 좋습니다. 저도 하나 아주 중요한 사실을 깔 테니까, 선생님도 알고 계신 거 있으면 까시죠."

드르륵, 나정확 기자가 목소리 톤을 죽이며 의자를 바짝 당겨 앉았다.

"그러죠. 저도 원동규 순경에 대한 중요한 정보를 하나 알고 있으니까요. 말씀해 드리죠. 먼저 까 보세요."

"좋습니다. 제가 먼저 오픈하죠. 실은……."

결론부터 말하자면, 가해자 계진창의 아내, 심은영이 당시 사건에 대해 뭔가를 알고 있는데, 입을 다물고 있다는 것.

즉, 언론에 밝혀진 내용은 심은영은 안방 구석에 있었고, 사건은 거실에서 일어났기에 아무것도 목격한 것이 없는 걸로 되어 있지만, 그렇지 않다는 나정확 기자의 발언이었다.

"근거가 있습니까?"

"근거라…… 있죠."

"어떤?"

"대형 거울이 있었어요."

"대형 거울요?"

"그렇습니다. 안방 쪽 문은 분명 가해자의 난동으로 반쯤 뜯겨져 나가 어느 정도 열린 상황이었어요."

"그렇다고 해도 각도상 사건 현장을 볼 수 없을 수도 있잖습니까?"

"그렇죠. 그 틈으로 사건 현장은 볼 수 없었지만 거울이라면 얘기가 다르죠?"

"그렇다면 거울 속에 계진창과 원 순경의 몸싸움이 비쳤을 거란 말인가요?"

"빙고! 제가 테스트를 해 봤는데, 충분히 각이 나와요. 분명, 심은영이든 그녀의 아들이든 거울 속에 비친 뭔가를 봤을 거라는 게 제 추측입니다. 심은영 씨는 분명 이 사건에 대해 뭔가 알고 있는 게 있어요."

나정확 기자가 확신에 찬 표정으로 말했다.

"그럴 수도 있겠네요."

"게다가 제가 뭘 찾아냈는지 아십니까?"

나정확 기자가 주변을 살피더니 더욱더 목소리 톤을 낮췄다.

"뭔데요?"

"최상국 경장이 심은영 씨를 만나는 장면을 목격했어요. 두 사람이 만날 이유가 없잖습니까?"

"아, 그러네요. 좀 수상하군요."

"네네, 이제 저도 깠으니까 선생님도 알고 계신 거 까 보시죠."

"네, 기자님 좀 더 가까이."

난 나정확 기자를 향해 손짓을 했다.

"네네. 뭡니까?"

"아, 진짜 중요한 사실인데요. 원동규 환자가 오늘부터……."

"네네, 오늘부터 뭡니까?"

"소변을 제대로 보기 시작했습니다! 어제까지 하루 소변량이 340cc 미만이었는데, 오늘부터 정상 소변을 보네요. 다행히도.”

“네?? 그게 무슨 중요한 사실입니까?”

엥, 나정확 기자의 얼굴에 실망한 기색이 가득했다.

“중요하죠. 저한테 그보다 중요한 소식은 없어요. 소변을 제대로 본다는 건, 모든 신진대사가 원활해졌다는 의미니까요.”

“하아, 정말 이러시깁니까?”

“기자님, 전 형사가 아니라 의사입니다. 환자의 몸 상태만큼 저한테 중요한 건 없어요. 뭔가 냄새가 나신다면 그건 기자님이 밝히셔야죠.”

“나, 참! 알겠습니다. 내가 미쳤지. 혹시나 해서 와 봤는데, 역시나네요.”

“네, 전 이만 가 보겠습니다. 이렇게 한가하게 차나 마실 팔자가 못 돼서요.”

“네네, 그럴 일은 없겠지만, 혹시나 뭐라도 나오면 바로 연락 주십시오.”

“네, 수고하세요.”

“네.”

“아, 기자님!”

“왜요?”

“저 지갑 안 가지고 왔는데.”

“하아, 걱정 마세요. 원래 먹자고 하는 놈이 내는 겁니다.

제가 내요, 제가!"

"그러니까요. 커피를 얻어먹었으니, 저도 커피값은 해야 해서요."

"네? 그게 무슨 말씀이십니까?"

"계진창 씨의 몸에 외상의 흔적이 전혀 없었습니다. 깨끗합니다. 넘어지면서 뇌 손상을 입었던 것 말고는요."

"그게 무슨 말씀이시죠?"

"잘 생각해 보십시오. 두 사람의 몸싸움이 격렬했다면 그게 가능했겠는지."

"……아하! 그렇군요."

딱, 잠깐의 시간 차를 두고 나정확 기자가 손가락을 튕겼다.

"아무튼, 커피 잘 마셨습니다. 이만하면 커피값은 되겠습니까?"

"충분합니다!"

나정확 기자가 눈을 빛내며 입술을 굳게 다물었다.

♥

원동규 환자 병실.

이제 막 중환자실에서 일반 병실로 옮긴 원동규 환자.

독한 진통제를 맞았는지 깊은 잠에 빠져 있었고, 그의 할머니가 미지근한 물수건을 들고 연신 원동규 환자의 몸을 닦아 주고 있었다.

"선상님, 안녕하셔요."

할머니가 나를 보자마자 깍듯하게 인사했다.

"네, 할머님. 원동규 환자 별일 없죠?"

"네, 주사 한 대 맞더니 세상모르고 자는구먼요."

할머니가 안쓰러운 표정으로 손주의 얼굴을 쓰다듬었다.

"네, 센 진통제라 졸릴 겁니다."

"선상님, 참말로 욕보십니다."

"고생은요, 무슨! 제가 해야 할 일인데요. 그나저나 윤 간호사님한테 들어 보니, 간병인은 무르셨다고요?"

"예, 내 새끼는 내가 잘 압니다. 아직은 몸이 성하니까 제가 있어야죠. 제가 더 이상 못 버티면, 그때 신세 좀 지겠습니다. 정말 감사합니다, 선상님!"

"아이고, 신세 같은 거 아니니까 괜찮습니다. 우리 병원과 연계된 봉사 단체에서 나오시는 분이니까, 아무 걱정 안 하셔도 돼요."

"아니에요. 내 새끼가 이리됐는데, 내가 어떻게 맘 편히 집에 있다요. 금쪽같은 내 새끼가 이 모양 이 꼴인데."

훌쩍, 할머니의 자글자글 눈 밑 주름 사이에 눈물이 맺혀 있었다.

"네에, 아무튼 힘드시면 언제든지 말씀해 주십시오. 저희도 언제든지 돕겠습니다."

"네네, 참말로 감사합니다. 정말, 감사합니다."

"아뇨, 괜찮습니다. 그나저나, 할머님 뭐 좀 드셨습니까?"

"암만요. 저는 괜찮습니다. 선상님은요? 식사는 하셨습니까?"

"아, 네. 조금 있다 먹을 예정입니다."

"잘됐네. 선상님! 제가 별건 아닌데, 죽을 좀 쒀 왔어요. 좀 드셔 보시겠습니까?"

"네? 죽을요?"

"네, 제가 시장에서 죽 장사를 합니다. 그래서 선생님 드리려고 이렇게 가져왔어요. 좀 드셔 보세요."

"아이고, 이러시지 않으셔도 되는데……. 게다가 병실에선 음식을 섭취할 수 없습니다."

"아이고, 이 일을 어쩌나? 따스울 때 한술 뜨셔야 할 텐데. 아, 맞다! 휴게실로 가셔요. 거기서는 먹어도 되겠죠?"

"아, 그렇긴 한데, 제가 지금 시간이 없어서요. 나중에 먹겠습니다."

"아녀라. 죽은 식으면 맛없어라. 그냥 후루룩 드시면 되니까 따라오셔요."

"아, 네. 그러면 잠깐 맛만 볼까요?"

난 할머니의 성화에 어쩔 수 없이 휴게실로 발길을 옮겼다.

잠시 후, 4층 휴게실.

“맛만 보고 가요. 내가 단팥죽 하나는 기가 막히게 끓여요.”

“네, 그렇게 하겠습니다.”

끼익, 할머니의 손에 이끌려 따라간 휴게실. 문을 열고 들어가니 한 여자가 휴게실에 앉아 있었다.

“어? 민준이 엄마 아닌감?”

그 순간, 원동규 환자 할머니가 그 여자를 알아보는 듯했다.

“하, 할머니가 여긴 어떻게?”

그 여자 역시, 할머니를 알고 있는 듯 보였다.

“두 분이 아는 사이십니까?”

한 사람은 지금 뇌사 상태에 빠진 계진창의 아내 심은영이고, 한 사람은 계진창의 칼에 찔려 죽을 뻔한 고비를 넘긴 원동규 순경의 할머니였다.

“암요, 잘 알지요! 참 세상이 좁구먼. 이런 데서 만나다니. 아무튼 반가워, 민준 엄마!”

할머니가 심은영에게 반갑게 다가가 양손을 움켜쥐었다.

적어도 할머니는 심은영이 계진창의 아내인 걸 모르는 것 같았다.

"네, 할머니! 그나저나 여긴 어떻게 오셨어요?"

그건 심은영도 마찬가지인 듯 보였다.

"우리 손주가 여서 큰 수술을 받아서 병간호하느라 왔어."

"네? 손주시라면 그 경찰 하신다는 분요?"

손주라는 할머니의 말에 심은영의 목소리가 미세하게 흔들렸다.

"맞아. 자네는 신문도 못 봤는감? 허구한 날 떠들어 대잖여."

"네? 그러면 그 경찰분?"

쿵 하고 내려앉는 심은영의 심장 소리가 내 귀에까지 들리는 듯했다.

"맞아, 그 불한당 같은 놈한테 칼 맞은 순경이 내 손주야."

"아, 네."

심은영의 눈동자가 마구 흔들리는 듯했다.

"그나저나, 자네는 여길 어떻게 온겨? 어디 아픈 겨?"

"아, 아니에요. 아무것도."

심은영은 다리가 후들거리는지 손바닥으로 살짝 벽을 짚었다.

"왜 그랴? 그 몹쓸 놈의 서방이 또 때린 겨? 안색이 왜 그런 겨?"

할머니가 마치 친딸을 대하듯 심은영의 얼굴을 어루만졌다.

"아, 아니에요. 아무것도."

화들짝 놀란 심은영이 재빨리 할머니의 손을 치웠다.

"아닌디? 얼굴이 많이 상한 거 보니, 그 썩을 놈의 서방 놈이 무슨 짓을 한 거 아녀?"

"아, 아니에요."

심은영이 상기된 표정으로 고개를 돌렸다.

"손찌검하는 버릇은 평생 못 고쳐! 어떻게 새끼하고 마누라를 그렇게 허구한 날 때리는감? 아주 천벌을 받을 인간! 내가 얼굴 보면 아주 주리를 틀어 버릴 겨."

"……."

"그나저나 밥은 먹고 다니는 겨? 식전이면 이 의사 선생님이랑 같이 한술 떠. 자네 단팥죽 좋아하잖여."

"네, 같이 드시죠."

"아, 아니에요. 급히 볼일이 있어서요. 지금 가 봐야 해요. 할머니, 저 먼저 갈게요."

할머니가 보온병을 꺼내자 심은영이 서둘러 휴게실을 빠져나갔다.

"할머님, 저분 잘 아세요?"

할머니의 행동으로 볼 때, 심은영이 계진창의 아내인 것까지는 모르는 모양이었다. 심은영은 이제 막 할머니의 정체를 알아차린 것 같고.

"암만요. 내가 시장서 죽집을 한다고 했죠? 저 민준이 엄마가 우리 가게 옆에서 생선을 팔았어요. 처음엔 말동무나 하려고 했는데, 워낙 착해서 이젠 많이 가까워졌다우."

"그러셨군요. 그나저나 말 놓으셔도 됩니다. 손주뻘 되는데요."

"그래도 될라나?"

"그럼요. 말 편히 하세요."

"그려, 그러면 나야 고맙지. 우리 동규가 의사 선생처럼 의사가 됐으면 얼매나 좋았을까?"

"동규 씨도 훌륭한 일을 하고 계십니다."

"암만! 우리 동규처럼 착한 아도 드물지. 그건 그렇고, 참 맘씨도 곱고 착한 여잔데, 서방인지 남방인지 하는 놈이 아주 불한당인가 벼. 허구한 날 얼굴이고 몸이고 얻어터져서 성한 데가 없었어."

할머니가 안타까운 듯 고개를 내저었다.

"그랬군요."

"그랴, 그 몹쓸 인간이 미쳐 날뛸 때마다 집에서 도망쳐 나오면, 내가 데리고 있었으니까. 민준이 엄마도 친정 어매가 없고, 나도 딸이 없어서 그런지, 그냥 모녀지간처럼 의지했었지."

"아, 그랬군요. 그러면 혹시 저분, 남편분은 본 적 있으세요?"

"아녀, 코빼기도 본 적이 없어. 아마, 내가 민준이 엄마 숨겨 준 걸 알았으면, 찾아와서 개진상을 떨었겠지. 내가 낯짝이라도 보면, 아주 부지깽이로 얼굴을 긁어 버리려고 작정을 했는디, 썩을! 그게 천추의 한이여."

"할머니, 만약에……. 아, 아닙니다."

"뭔데? 말을 하려다 말어?"

심은영과 원 순경의 할머니!

대체 이런 기막힌 우연이 있을 수 있을까?

일이 이렇게 된 이상, 할머니가 모르는 게 낫다는 게 내 생각이었다.

"아닙니다, 아무것도."

"싱겁긴! 그나저나 단팥죽 맛은 어때?"

"네, 아주 맛있네요."

"참말인감?"

"그럼요. 전 맛없으면 없다고 말하는 스타일이에요."

"그래그래, 많이 먹어. 우리 동규도 얼른 나아야 할 텐데, 우리 손주가 단팥죽이라면 자다가도 벌떡 일어나거든."

"네에, 손자분이 그럴 만도 하네요. 너무 맛있어요."

"다 우리 윤찬 선생 덕이야. 내가 죽을 때까지 이 은혜 잊지 않을 겨. 뭘 어떻게 해야 내가 신세를 갚을라나?"

"음…… 가끔 이 단팥죽 맛보게 해 주시면 될 것 같은데요?"

"참말이여? 그거야, 내가 평생 해 줄 수 있지."
"네네, 오래오래 사셔서 저 단팥죽 많이 해 주세요."
"고맙구먼 의사 선상."
톡톡톡, 할머니가 내 손을 부여잡고 내 손등을 두드려 주었다.

원동규 병실.
"그래, 동규야, 몸조리 잘하고 나중에 다시 오마."
"네, 형! 앞으로는 굳이 이렇게 자주 오실 필요 없어요."
"그런 소리 마라. 내가 오고 싶어서 오는 거니까, 넌 신경 쓰지 말고 몸조리나 잘해."
"네에. 그나저나, 그 사람은 어떻게 된 겁니까?"
"계진창 말이냐?"
"네에, 어찌 됐건 제가 그렇게 만든 거잖습니까?"
"미친놈! 천벌을 받을 놈이 벌받았는데, 그게 무슨 뚱딴지 같은 소리야."
"네에, 그래도 자꾸 신경이 쓰이네요."
"신경 쓰지 말래두? 그런 인간은 뒈지든 말든 동정할 일고의 가치가 없는 놈이야."
"네에."

"그래, 다른 사람들은 다 너를 욕해도 난, 네 편이야."

"고마워요, 형."

"고맙긴! 그건 그렇고, 아직도 기억은 안 돌아왔니?"

"……."

원동규 순경이 말없이 고개를 끄덕였다.

"그렇구나, 혹시나 무슨 기억이라도 떠오르면 나한테 먼저 알려 줘. 네 기억은 수사에 엄청 중요하니까."

"네, 그럴게요."

"진짜 기억나는 거, 없는 거지?"

"네, 아무것도 기억이 나질 않아요."

"그래, 너무 조급하게 생각하지 말고 맘 편히 있어라. TV나 신문 같은 것도 가능하면 보지 말고."

"네, 신경 써 줘서 고마워요, 형!"

"그게 무슨 소리야. 우리가 어디 남이냐. 몸조리 잘해."

"원동규 환자, 컨디션은……."

병실 문을 열고 들어가자 최상국 경장의 모습이 보였다.

"선생님, 어서 오세요."

"선생님, 오셨습니까?"

최상국 경장이 자리에서 일어났다.

"네, 경장님. 두 분 대화 나누시는 것 같은데, 잠시 후에 올까요?"

"아, 아닙니다. 저도 방금 가려고 했던 차였어요."

"네에, 그나저나 손은 괜찮으신 겁니까?"

"아, 손요? 네, 많이 아물었습니다."

손 얘기가 나올 때마다 미세하게 흔들리는 최상국 경장의 목소리를 난 느낄 수 있었다. 최상국 경장이 본능적으로 자신의 오른손을 주머니에 찔러 넣었다.

"다행이네요. 환자분, 최 경장님 아니었으면, 정말 큰일 날 뻔했어요. 진짜 몇 센티만 깊었어도 회복이 불가능했을 겁니다."

"네? 아, 네. 뭐, 제가 뭐 한 게 있나요?"

"아니죠. 원동규 환자분 입장에선 생명의 은인이시죠. 그렇죠, 원동규 씨?"

"네? 맞습니다. 형님 아니었으면 큰일 날 뻔했죠."

"그, 그래. 동규야, 나 간다."

"네, 형! 들어가세요."

그러자 최상국 경장이 서둘러 병실 문을 나섰다.

잠시 후,

"소변 많이 보셨네요? 이거 하루 소변량 맞죠?"

수술 후, 핍뇨가 심했던 원동규 순경. 처음엔 400밀리리터도 되지 않았었다.

하지만, 지금 소변 통의 눈금은 1,400밀리리터를 가리키고 있었다.

일반인의 경우 정상 소변량이 1,500밀리리터 정도인 것을 볼 때, 거의 정상 수치에 가까웠다.

"네, 맞아요."

원동규 순경이 민망한 듯 얼굴을 붉혔다.

"이제 많이 좋아지신 것 같네요. 가래는 좀 모아 두셨습니까?"

"아, 그렇긴 한데, 죄송해서요."

원동규 순경이 부끄러운 듯, 침대 밑에 놓인 가래받이를 내밀었다.

"괜찮아요. 허구한 날 똥도 만지는데요, 뭐! 아이고, 이제 피는 섞여 나오지 않는 것 같네요?"

"네에, 가래량도 많이 줄었어요."

"네네, 정말 다행이네요. 그러면 마지막으로 숨소리 좀 들어 볼까요?"

"네, 선생님."

원동규 순경이 상의를 들어 올리자 검붉은 수술 자국이 드러났다.

"숨소리도 좋고, 정말 많이 회복된 거 같아요. 동규 씨가 워낙 체력이 좋으신 분이라 회복 속도도 빠른 것 같네요. 이제 조금만 있으면 가벼운 산책은 하실 수 있을 것 같아요. 통증은요?"

"네, 밤에는 좀 힘들긴 한데, 참을 만합니다."

"네네, 가능하면 진통제는 맞지 않는 것이 좋습니다. 내성이 생길 수 있으니까요. 참을 만하시면 참는 게 좋습니다. 정 못 참으시겠으면 콜하시고요."

"네에, 감사합니다. 전부 선생님 덕분입니다."

"아닙니다. 환자분이 힘든 수술 과정을 잘 버텨 줘서 그래요. 오히려 제가 더 감사하죠."

"네! 선생님 노력이 헛되지 않도록 더 노력하겠습니다."

"네네, 제가 바라던 바네요. 그나저나, 여전히 사건 당시 기억은 나지 않습니까?"

"……네, 기억이 나질 않습니다."

원동규 순경이 아쉬운 듯이 고개를 내저었다.

"그렇군요. 조금이라도 기억나시는 부분이 있으면 말씀해 주세요."

"네, 선생님!"

"그건 그렇고 최 경장님이랑은 각별하신가 봐요? 형이라고 부르시던데."

"네에, 저한테는 진짜 형님 같은 분이시죠."

"아, 그렇군요."

"네네, 제가 경찰이 된 것도 전부 그 형님 덕분입니다."

"아, 네."

"제가 경찰 되기 전에 음식점 배달을 했었거든요. 그렇게 미래도 없이 하루하루 무의미하게 살아가고 있을 때, 형님이 도와주셨어요. 경찰 시험도 형님이 도와주셔서 합격할 수 있었어요."

"그랬군요."

"네, 저한테는 진짜, 은인 같은 분이시죠. 5남매 중에 장남으로 태어나서 그 힘든 살림 다 꾸리셨어요. 병든 노모에 진태라고 아들이 있는데, 지적장애자예요."

"그렇군요. 생활하기가 만만치 않았겠네요."

"네, 맞아요. 형수님도 고생이 많으시죠. 그래도 꿋꿋하게 가정을 잘 이끌어 가고 계십니다. 그 형님, 잘돼야 해요."

"네에, 그렇군요. 아무튼, 무슨 기억이라도 나면 바로 신경외과 담당의한테 알려 주세요."

"네, 알겠습니다."

최상국 경장이란 사람, 생각보다 야비한 이는 아니었다.

그렇긴 하지만, 그렇다고 당신의 행동이 정당화되진 않아.

뇌사판정위원회.

1차 뇌사 조사에 의하면 계진창은 외부 자극에 전혀 반응하지 않았고, 자발 호흡이 불가능했으며. 동공이 확대된 상태로 고정됐고, 뇌간 반사가 전혀 이뤄지지가 않았다.

결국, 1차 뇌사 조사는 잠정적 뇌사였다.

결국, 계진창의 최종 뇌사 판정을 위해 뇌사판정위원회가 열렸다.

신경외과 과장, 고지식 교수와 계진창의 지주막하 출혈 집도의였던 신경외과 강상재 교수, 흉부외과 고함 교수, 그리고 뇌사판정위원 두 명이 전원 회의에 참석하였다.

"호르몬 분비, 자발적 호흡, 체온, 수분 대사 등 모든 기능이 상실되어 사실상 전뇌사입니다."

전뇌사란 뇌 전체가 그 기능을 상실해 완전히 죽은 상황을 말했다.

"네, 그러면 최종 뇌사 판정을 선언토록 하겠습니다!"

뇌사 판정은 판정위원 중 단 한 명이라도 찬성하지 않으면 뇌사로 인정하지 않는 시스템이었다.

만장일치 뇌사 판정!

결국, 뇌사판정위원회 위원 전원이 계진창의 뇌사를 인정했다.

며칠 후.

그렇게 가해자 계진창이 뇌사 판정을 받음으로써 공소권 없음으로 수사가 마무리되어 갈 즈음, 원동규 순경의 할머니가 의국으로 날 찾아왔다.

흉부외과 의국.

"여보시오, 의사 양반, 여기가 김윤찬 선생이 있는 곳인감?"

"네, 안에 계세요, 할머니. 무슨 일이시죠??"

"잘 찾아왔구먼. 나, 509호 환자 할미 되는 사람인데, 김윤찬 선생을 좀 만났으면 좋겠는데."

"아, 네. 안에 계실 겁니다. 잠시만요. 제가 말씀드릴게요."

"선생님, 509호 보호자분이 찾아오셨는데요?"

"원동규 환자 할머니가?"

"네, 지금 밖에서 기다리세요."

"알았어."

잠시 후.

"할머니, 여긴 어쩐 일로 오셨어요?"

수련의의 연락을 받고 의국 밖으로 나왔더니, 원동규 환자 할머니가 기다리고 있었다.

"윤찬 선상, 나랑 잠깐 이야기할 수 있을까?"

내 모습이 보이자 할머니가 반갑게 손을 흔들었다.

"네, 할머님. 동규 씨한테 무슨 일이 있는 건 아니죠? 오전에 회진 돌 때도 컨디션은 괜찮아 보였는데."

"아녀, 아녀, 그런 거. 잠깐 시간 좀 내줄 수 있는감? 내가 윤찬 선생한테 부탁 하나 할 게 있어서 그래."

"네, 잠깐은 괜찮아요. 하늘정원으로 가시죠."

"그랴, 고마워."

하늘공원.

"……내가 윤찬 선상한테 뭐 좀 물어봐도 되는감?"

할머니가 한참을 망설이더니 어렵게 입술을 뗐다.

"네, 말씀하세요."

"저그, 그니깐 지난번에 휴게실에서 만났던 민준 엄마 있잖아……."

할머니가 걱정스러운 표정으로 말을 잇지 못했다.

"심은영 씨요?"

"그려, 민준 엄마."

아무래도 할머니가 심은영 씨가 계진창의 아내임을 알아차린 듯했다.

"윤찬 선상, 민준 애미에 대해서 솔직히 말혀 줄 수 있는 거지?"

"……네."

"혹시, 민준 엄마가 우리 동규 저렇게 만든 놈의 집사람인가? 아니지?"

역시, 할머니는 모든 것을 알고 있었다.

"네에, 맞습니다. 심은영 씨가 맞습니다, 할머니."

언젠가는 알 일이고, 이미 어느 정도 알고 왔다면 더 이상 숨길 이유가 없었다. 신의 짓궂은 장난일지 모르지만 두 사람의 운명은 참, 아이러니했다.

딸처럼 생각했던 그녀의 남편이 자신의 금쪽같은 손주를 죽일 뻔했으니까 말이다.

"그렇구먼, 그랬어. 하늘도 무심하시지, 어떻게 그런 일이……. 그러면 민준 애미도 아는 겨, 지 남편이 칼로 찌른 순경이 내 손주라는 걸?"

"네, 아마 알고 계실 겁니다."

"아이고……."

탁, 맥이 풀린 듯 할머니가 어깨를 늘어뜨리며 휘청거렸다.

"할머니, 괜찮으세요?"

"괜찮여. 아무렇지도 않아."

할머니가 겨우겨우 몸을 일으켜 세웠다.

"힘드시면 그냥 내려갈까요?"

"아니, 괜찮여."

"네에, 충격 많이 받으셨죠?"

"아니, 민준 애미가 잘못한 게 아니잖여. 그 사람이 뭔 죄여? 남편 놈이 찢어 죽일 놈이지. 민준 애미가 잘못한 건 없잖여."

"네, 그렇습니다. 그분도 많이 괴로워하고 계십니다."

"그나저나 나, 윤찬 선생한테 뭐 하나만 더 물어봄세."

"네, 뭐든 말씀하세요. 제가 알고 있는 선에선 다 말씀드릴게요."

"나가 국민학교도 못 나오고, 배운 게 없어서 잘은 모르겠지만, 아무리 생각해도 이해가 되지 않는 게 하나 있어."

"어떤 걸 말씀하시는 겁니까?"

"민준 엄마가 그날 밤, 그 집에 있었다믄서."

"아, 네."

"그러면 왜 아무것도 모른다고 한 겨? 우리 동규가 목숨 걸고 자기를 지켜 줬는디, 왜 모른다고 한 겨?"

"……."

"나는 당최 이해가 되질 않는구먼. 허구한 날, 지 두드려 패던 그 못된 인간 놈을 역성드는겨? 천하의 금수만도 못한 놈도 남편이라고 편드는 건감? 지금까지는 그렇다고 쳐. 내가 동규 할머니인 걸 알면서도 왜 입을 닫고 있는 겨. 왜?"

할머니가 한탄하듯 속내를 털어놓았다.

그러게 말입니다, 할머니! 왜 그럴까요?

무슨 이유가 있어서 진실을 숨기는 걸까요? 아무래도 제가 그걸 알아봐야 할 것 같습니다.

"할머니, 사람이 극도의 공포에 빠지면 그럴 수도 있어요. 동규 씨도 당시 기억을 못 하지 않습니까? 심은영 씨가 일부러 모른 척하는 건 아닐 겁니다."

"그게 가능한 겨?"

"네에, 그렇습니다."

"그 말 믿어도 되는 겨? 정말, 민준 애미가 일부러 그런 거 아니라는 거여?"

"네! 제 생각으론 그렇습니다."

"……그려, 그럼 됐어. 똑똑한 의사 선생이 그렇다면 그런 줄 알아야지. 맞어! 그 착한 것이 그럴 리가 없제."

흐음, 다행이라는 듯이 할머니가 긴 한숨을 내쉬었다.

"네, 심은영 씨도 뭔가 기억이 나면, 증언해 줄 겁니다."

"정말 그럴까?"

"물론이죠. 그렇게 될 겁니다."

제가 반드시 그렇게 되도록 만들 겁니다.

"경찰 말로는 그놈이 뇌사 판정인가 머시긴가 받으면, 이제 수사를 끝낼 거라고 하던데."

"아니요, 꼭 그렇지만은 않습니다. 새로운 증언이 나오고 증거가 나오면 수사는 계속 진행될 수 있을 거예요. 아직 모든 것이 끝난 건 아닙니다."

"참말인감? 정말 우리 동규가 억울한 누명을 벗을 수 있는 겨?"

"네, 그럼요. 당연하죠."

"다행이구먼, 정말 다행이야."

"네. 힘내세요, 할머니."

"그려, 우리 손자가 누명을 벗을 수만 있다면 내가 뭘 못 하겠는감! 지옥이라도 대신 가라면 가야지."

"네, 반드시 동규 씨는 누명을 벗을 겁니다."

"윤찬 선생도 우리 동규가 누명을 쓴 거라 생각하는 거지?"

"물론이죠."

"고맙네, 정말 고마워."

"아닙니다."

"그럼 됐어! 그건 그렇고, 민준 엄마한테 이거 좀 가져다 줘."

할머니가 곱게 포장한 보온병을 내밀었다.

"이게 뭡니까?"

"호박죽이여. 민준 엄마가 이 호박죽을 참말로 좋아했지. 두드려 맞아서 입이 부어터져도 이 호박죽만 보면 환장하고 먹었어. 어찌나 허겁지겁 먹는지, 볼 때마다 내 가슴이 미어졌구먼."

"……."

"민준 애미 속은 속이겄나? 아무리 찢어 죽일 놈이라도 남편은 남편인데, 그 꼬라지가 되어 버렸으니 말이야. 그것도 참, 팔자 한번 기구하구먼. 어쩐지 저번에 보니까 꼴이 말이 아니드만."

쯧쯧쯧, 할머니가 걱정스러운 듯 혀를 찼다.

"할머니가 직접 전해 주시면 되잖아요."

"아서! 아서! 나가 아무리 세상 물정 모르는 속없는 늙은이지만, 당분간 그렇게는 못 할 것 같어. 윤찬 선상이 전해 줘. 내가 줬단 소린 말고."

"네, 제가 전달해 드리겠습니다."

"그럼 부탁함세. 이거 식으면 맛없어. 빨리 좀 갖다줘."

"네, 그럴게요."

심은영 씨, 이제는 당신이 할머니의 정성에 보답해야 할 때인 것 같군요.

난 할머니가 정성스럽게 싸 준 호박죽을 들고 의국으로 돌아왔다.

♥

계진창 병실.

얼마 후, 난 계진창의 뇌사 판정 결과를 알려 주기 위해 심은영을 만났다.

기계에 의존해 간신히 숨을 쉬고 있는 계진창. 심은영이 넋 나간 표정으로 그를 바라보고 있었다.

똑똑똑.

"들어오세요."

인기척에 심은영이 흐트러진 앞머리를 쓸어 올리며 대답했다.

“보호자분, 드릴 말씀이 있습니다.”

“어떤?”

“밖으로 잠시 나오시죠.”

“네, 알겠습니다.”

이미 어느 정도 예견은 하고 있었는지 담담한 표정이었다.

“네, 그러면 말씀드릴게요. 보호자분, 계진창 환자, 최종 뇌사 판정 났습니다.”

그렇게 난 밖으로 나오자마자 계진창의 뇌사 판정 결과를 알려 주었다.

“엉엉엉!”

털썩, 내 말이 끝나기도 전에 심은영이 주저앉아 울음을 터뜨리고 말았다.

“진정하십시오.”

“엉엉엉!”

목 놓아 울음을 터트리는 심은영. 그녀의 눈에서 끝없이 뜨거운 눈물이 흘러내렸다.

과연 저 울음의 의미는 뭘까?

울고 있는 건지, 악을 쓰고 있는 건지 알 수 없는 심은영의 눈물은 남편을 잃은 평범한 아내의 흐느낌은 결코 아니었다. 무언가 한이 맺힌 듯한 절규와 같았다.

"괜찮으십니까?"

"흑흑흑, 네, 괜찮습니다."

한참을 울고 난 후에야 심은영은 말을 이어 갈 수 있었다.

"이미 뇌사 판정은 결정되었고, 혹시나 장기 기증 의사가 있으시다면 장기이식 코디네이터에게 말씀하세요. 친절하게 도와줄 겁니다."

"네에, 알겠습니다."

반쯤 넋이 나간 듯한 심은영은 멍하니 하늘을 올려다볼 뿐이었다.

"아무튼, 삼가 고인의 명복을 빕니다. 그리고 이건, 전에 휴게실에서 만났던 할머니가 전해 드리라고 해서 가지고 왔습니다."

"이, 이게 뭔가요?"

"호박죽이라고 하더군요."

"호박죽이요? 이, 이걸 그 할머니가 저한테 갖다주라고 하던가요? 혹시 할머니가 제가 누군지……."

"네, 알고 계십니다."

"흑흑흑, 제, 제가 누군지 알고 계시다고요?"

내 말이 떨어지기가 무섭게 심은영이 어깨를 들썩이며 또다시 흐느꼈다.

"네, 할머니가 그러시더군요. 심은영 씨가 무슨 잘못이 있냐고요. 호박죽 좋아하신다고 갖다드리라고 하셨습니다."

"엉엉엉! 할머니……."

또 다시 목 놓아 울음을 터뜨리는 심은영. 좀 전의 울음과는 또 달랐다.

"심은영 씨, 진실이 신발 끈을 매는 사이, 거짓말은 지구를 반 바퀴나 돈다는 말이 있습니다. 하지만 아직 반 바퀴는 남아 있어요. 이제라도 진실이 달리기 시작해야 할 때입니다."

"엉엉엉."

심은영은 눈이 벌게지도록 울고 또 울었다.

"할머니는 모든 것을 용서하셨어요. 이 호박죽이 그 증거입니다. 그러니, 심은영 씨도 할머니의 따뜻한 사랑에 보답을 해야 하지 않겠습니까? 거기 보자기에 보면 명함이 하나 있을 겁니다."

"……."

대한일보 사회부 기자, 나정확

심은영이 보자기 밑에 놓인 명함을 만지작거렸다.

"혹시라도 당시 상황이 기억이 나신다면 연락해 보세요. 그분이 도움을 주실 겁니다. 노파심에 말씀드리지만, 경찰은 안 됩니다, 절대!"

"……."

"그것마저도 불편하시다면 저에게라도 말씀해 주십시오.

비밀은 최대한 보장해 드리겠습니다. 그러면 전 이만 가 보겠습니다.”

“…….”

아무런 말도 하지 않는 그녀. 그저 하염없이 눈물만 흘릴 뿐이었다.

또르르.

내가 발길을 돌리자 심은영이 보온병에 담긴 호박죽을 뚜껑에 따랐다.

“흑흑흑!”

그렇게 어깨를 들썩이며 흐느끼는 그녀가 숟가락을 들고 호박죽을 입 속에 하염없이 욱여넣었다.

진실을 말하든 그렇지 않든 모든 건 그녀의 자유지만, 이제는 모든 진실을 밝혀야 할 때였다.

그리고 이틀 후, 아침 일찍 심은영이 날 찾아왔다. 밤새 한숨도 잠을 자지 못했는지 두 눈은 퉁퉁 부어 있었고, 얼굴은 푸석푸석해 보였다.

“선생님, 할 말이 있어요. 지금 시간 괜찮으십니까?”

심은영이 조심스럽게 말문을 열었다.

난, 그 순간 그녀의 마음에 변화가 생겼음을 감지할 수 있었다.

"네, 괜찮습니다. 자리를 옮겨서 얘기하시는 게 좋겠죠?"

"네에, 그래 주시면 감사하겠습니다."

그렇게 심은영과 난, 인적을 피해 당직실로 발길을 옮겼다.

꽉, 당실실에 들어가자마자 난 문을 걸어 잠가 그녀를 안심시켰다.

"이제 말씀해 보세요."

"서, 선생님께 드릴 것이 있습니다."

심은영은 당시 사건에 대해 뭔가 알고 있는 것이 틀림없었다.

"그게 뭡니까?"

"……사실, 저 거짓말을 했어요."

역시 그랬던가?

"거짓말이라뇨?"

"그날 밤 벌어졌던 거, 저 모두 생생히 기억합니다."

그녀의 충격적인 선언이었다. 물론 어느 정도 예상은 했지만 말이다.

"그러셨군요. 그날 밤 일이라면?"

"네, 여기에 모든 것이 담겨 있어요. 그날 밤에 무슨 일이 일어났는지."

딸깍, 심은영이 손가방을 열더니 USB 하나를 꺼내 들었다.

"당시 상황을 찍으셨던 겁니까?"

예상했던 것보다 더 충격적이었다.

"보시면 압니다."

흐음, 심은영이 작심한 듯 긴 한숨을 내쉬었다.

"네, 알겠습니다."

딸깍, 난 노트북에 USB를 꽂았고 곧이어 충격적인 영상이 모니터에 재생되기 시작했다.

❤

원동규 순경의 대응 태도는 아무런 문제가 없었다.

침착하게 미란다원칙을 알렸으며.

"귀하를 폭력에 관한 법률에 의해 현행범으로 체포합니다. 당신은 변호사를 선임할 권리가 있고……."

"그게 무슨 개소리야!"

"경고합니다. 그 칼 당장 내려놓으십시오!"

"안 내려놓으면 어쩔 건데? 총이라도 쏠래?"

원동규 순경의 경고에도 계진창은 아랑곳하지 않았다.

"다시 경고합니다. 그 칼 당장 내려놓으세요."

"X 까는 소리 하지 마. 순경 따위가 총이 있을 리가 없잖아? 있으면 쏴 봐, 얼른!"

"계진창 씨! 당신의 가족과 당신 자신을 위해 더 이상 후

회할 짓은 하지 마십시오. 지금 그 칼을 내려놓으시면 모든 것을 선처될 수 있도록 제가 돕겠습니다. 절 믿으십시오."

끝까지 계진창을 설득하기 위해 애를 썼다.

"X 까! 잡소리 집어치워! 내가 경찰 말을 믿을 것 같아?? 차라리 잘됐어. 다 죽여 버리고 나도 죽을 거야!"

그렇게 흥분한 계진창은 원동규 순경에게 덤벼들었으나, 원동규 순경은 끝까지 권총을 꺼내지 않고 방어 자세를 취하다 변을 당하고 말았다.

쾅! 억!

그렇게 순식간에 계진창의 칼이 원동규 순경의 가슴을 파고들었으며, 그제야 상황을 파악한 계진창은 두려움에 뒷걸음치다 바닥에 놓인 걸레를 밟고 뒤로 넘어져 쓰러진 것.

그리고 계진창은 일어나지 못했다.

하지만 동영상 속에 최상국 경장의 모습은 끝까지 보이지 않았다.

"이, 이게 어, 어떻게 된 거야? 도, 동규야!!!"

그렇게 시간이 흘러 동영상이 끝나 갈 무렵, 한참 뒤에야 최상국 경장의 목소리만 들릴 뿐이었다.

"이, 이게 어떻게 된 겁니까?"

"……."

심은영은 그저 시선을 아래로 내려뜨릴 뿐 아무 말도 하지 않은 채 벌벌 떨고 있었다.

“심은영 씨! 이게 지금 어떻게 된 거냐고 물었습니다.”

“……최, 최상국 경장님이 절 찾아왔었어요. 저, 저는 그렇게 할 수밖에 없었습니다. 무서웠어요. 그냥 무서웠을 뿐이에요.”

심은영의 목소리가 마구 흔들렸다.

“뭐라고요? 최 경장이 뭐라고 했다는 겁니까?”

“자기가 시키는 대로만 하면 문제없을 거라고 했어요. 자기가 사고 현장을 이탈한 적이 없다고만 증언해 주면 된다고 했어요. 민준이를 위해서라도 남편을 살인자로 만들 순 없지 않냐고 설득했어요. 그, 그리고…….”

“그리고 뭡니까?”

“일자리도 알아봐 주고, 생활비도 지원하겠다고…….”

“그게 말이 됩니까? 당신이 그러고도 사람입니까? 원동규 순경은 당신과 당신의 아이를 지키려다 저렇게 된 겁니다. 그런데 그깟 돈 몇 푼에 그런 끔찍한 거짓말을 했습니까? 동규 씨 할머니가 당신한테 어떻게 했는데…….”

결국 아무것도 기억이 나지 않는다고 했던, 심은영의 증언은 새빨간 거짓말이었다.

“저, 저도 몰랐어요. 죽집 할머니가 원 순경의 할머니인지!”

“그걸 지금 말이라고 합니까? 원 순경이 할머니의 손자인지 아닌지가 중요한 게 아니잖습니까? 당신은 은혜를 원수로 갚은 겁니다!"

나도 나도 모르게 흥분을 가라앉힐 수가 없었다.

"죄송합니다! 정말 죄송합니다. 그날 그 경찰이 할머니 손자인 걸 알고, 며칠 동안 눈을 붙일 수가 없었어요. 그래서 선생님을 만나러 온 겁니다."

흑흑흑, 심은영이 양손에 자신의 얼굴을 파묻었다.

"그만 우십시오. 심은영 씨는 울 자격도 없으신 분입니다."

"죄송합니다. 정말 죄송합니다."

"저한테 죄송할 필요는 없습니다. 혹시, 이 동영상을 최상국 경장도 봤습니까?"

"아니요, 보여 주지 않았어요. 최상국 경장님은 제가 목격만 한 것으로 알아요."

"잘하셨습니다. 절대로 이 동영상을 최상국 경장이나 다른 경찰들에게 보여 주지 마십시오. 절대로!"

"아, 알았습니다. 그러면 전 어떻게 되는 겁니까?"

"당연히 법을 어긴 부분이 있다면 처벌을 받아야겠죠. 그리고 무엇보다 먼저, 원동규 순경과 그의 할머니에게 사과를 하는 것이 먼저일 겁니다. 그렇게 하시는 것이 아이한테 떳떳한 엄마가 되실 수 있는 유일한 길입니다."

"네에, 그렇게 하겠습니다. 정말, 제가 미쳤나 봅니다. 제가요!"

심은영이 자신의 가슴을 손바닥으로 두드리며 자책했다.

잠시 후.

"저 김윤찬입니다."

심은영으로부터 동영상을 확보한 난, 곧바로 나정확 기자에게 전화를 걸었다.

–김윤찬 선생님! 그렇지 않아도 제가 전화하려고 했는데.

"네? 왜요?"

–하아, 이번 사건 생각 외로 잘 풀릴 것 같군요.

"잘 풀리다뇨? 그게 무슨 말입니까?"

–자세히 설명하자면 좀 길고요. 내일 오전 10시에 YSB 방송 속보를 확인해 보시면 압니다.

"방송 속보요?"

–네, 그렇습니다. 깜짝 놀랄 특종일 테니, 꼭 보십시오.

"뭔데 그러십니까? 저한테 미리 좀 알려 주시면 안 될까요? 저도 아주 중요한 정보를 가지고 있습니다."

–음, 오는 게 있어야 가는 게 있겠죠? 이번엔 선생님이 먼저 푸시죠?

"아…… 네, 동영상을 하나 가지고 있습니다. 당시 현장 상황이 찍힌."

–헐, 진짜입니까?

"네, 당시 상황이 정확히 녹화되어 있습니다."

-대박이네요! 누굽니까, 그 동영상을 찍은 사람이?

"심은영 씨입니다."

-음, 역시 내 예상이 맞았군요. 그나저나, 그 동영상 설마 경찰에 넘긴 건 아니죠? 지금, 경찰은 되도록 이 사건을 빨리 마무리 지으려고 안달이거든요.

"당연하죠. 아직 이 동영상은 저 말곤 본 사람이 없습니다."

-좋습니다. 이 동영상, 내일 기자회견장에서 동시에 재생합시다.

"네, 재생하는 건 좋은데, 내일 기자회견이 누구 기자회견이냐니까요?"

-음, 놀라지 마십시오. 기자회견의 주인공은 최상국 경장입니다.

"네? 최상국 경장이요?"

다음 날, 오전 10시.

설마 했던 일이 벌어지고 말았다.

나정확 기자의 말대로 최상국 경장의 기자회견이 열리고 말았다.

팡, 팡팡, 팡팡팡.

최상국 경장이 단상에 올라가자 수많은 기자가 동시다발적으로 카메라 플래시를 터뜨렸다.

"하아……."

잔뜩 긴장한 모습의 최상국 경장. 상기된 표정으로 미리 준비한 원고를 펼쳐 들더니 다시 내려놓았다.

그리고 마이크를 잡고 시작한 말 한마디.

"동규야, 형이 미안하다!"

최상국 경장이 붉게 물든 눈두덩이를 비비며 목멘 소리로 흐느끼더니 더 이상 말을 잇지 못했다.

웅성웅성.

"최상국 경장님! 그게 무슨 말씀이십니까? 좀 더 자세히 말씀해 주십시오."

"지금 그 눈물의 의미가 뭡니까?"

최상국 경장이 울먹거리며 말을 잇지 못하자 곳곳에서 기자들이 끼어들었다.

"제가 제 동료이자 동생인 원동규 순경에게 큰 죄를 지었습니다. 여러분들이 알고 있는 그 모든 것은 거짓입니다."

"거짓이라뇨? 그게 무슨 말씀이십니까?"

탁탁탁탁, 최상국의 뜻밖에 발언에 노트북을 두드리던 기자들의 손놀림이 바빠졌다.

"이 모든 것은 저의 조작극입니다. 원동규 순경은 경찰로서 그 직분을 다했으며, 여러분들이 아는 것처럼 과잉 방어를 하지도 않았고, 계진창을 뇌사로 내몬 가해자도 아닙니다. 그는 그 누구보다 자랑스러운 대한민국의 경찰이며, 그 누구보다 멋진 대한민국의 청년입니다."

팡, 팡팡, 팡팡팡!

"젠장! 이거 뭐야? 완전 폭탄선언인데? 본사에 빨리 연락해! 카메라 가지고 오라고 해!"

"네, 부장님!"

"에이씨, 이걸 대한일보에서 채 간 거야? 넌, 도대체 여태까지 뭐 하고 있었던 거야?"

"죄, 죄송합니다."

"혹시, 경찰 수뇌부나 정부의 압박이 있었던 건 아닙니까? 왜, 최상국 경장님이 이 모든 것을 뒤집어쓰려는 겁니까?"

지금의 상황을 이해할 수 없다는 듯이 기자들의 질문 세례가 쏟아졌다.

"그런 것 없습니다. 이 모든 것이 진실이니까요. 지금부터 이 동영상을 보시면 모든 것을 이해하실 수 있을 겁니다."

웅성웅성.

"동영상이 있었다고?"

"설마, 당시 사건 현장 동영상이라는 거야?"

동영상이란 말에 기자회견장은 다시 한번 술렁거렸다.

지이잉, 기자회견장 중앙에 대형 스크린이 내려왔다.

틱, 그렇게 최상국 경장이 앞에 놓인 노트북에 USB를 꽂자 어젯밤 심은영이 내게 보여 준 동영상이 재생되었다.

[귀하를 폭력에 관한 법률에 의해 현행범으로 체포합니다. 당신은 변호사를 선임할 권리가 있고…….]

그렇게 동영상이 재생되자 기자회견장은 찬물을 끼얹은 듯 고요해졌다.

"이, 이게 뭐야? 그러면 저렇게 사태가 심각해지는 동안 최 경장은 뭐 하고 있었던 거야?"

"뭐 하긴, 근무지 이탈에 도주한 거지. 얼마나 두려웠겠어?"

"하아, 아무리 그래도 경찰이……."

"경찰도 사람이야. 공포는 인간이 가진 본능이라고."

"본능이고 나발이고, 그러면 경찰을 하지 말았어야지."

웅성웅성.

최상국 경장이 재생한 약 10분짜리 동영상은 당시의 상황을 너무나 적나라하게 보여 주고 있었다.

"죄송합니다. 정말 죄송합니다. 동규야! 형이 정말 잘못했다. 절대로 날 용서하지 마라!"

흑흑흑, 동영상 재생이 끝나자 최상국 경장이 마침내 참회의 눈물을 흘렸다.

계진창 사건의 진실이 만천하에 드러나는 순간이었다.

고함 교수 연구실.

[의인, 원동규 순경! 경찰의 자존심을 지켜 내다.]

[힘내라, 원동규! 당신이야말로 진정한 국민의 지팡이다!]

[경찰청장, 원동규 순경 2계급 특진 약속!]

최상국 경장의 기자회견이 끝나자 그동안 경찰과 원동규 순경을 성토했던 언론은 언제 그랬냐는 듯이 태도를 180도 바꿨다.

"와, 언론들 태도 바꾸는 것 좀 보소. 에잇!"

고함 교수가 보고 있던 신문을 냅다 집어 던졌다.

"그게 우리나라 언론의 특징이잖습니까?"

"그러게 말이다. 도대체 다들 왜 이러는지. 그나저나, 계진창 씨는 장기 기증을 한다고?"

"네, 보호자들이 장기 기증을 하기로 최종 결정했다고 하네요. 방금 장기 기증 서약서에 사인했다고 하더라고요."

"결국, 그렇게 되었군."

흐음, 고함 교수가 천천히 고개를 끄덕였다.

"네, 각막을 비롯해서 간, 신장, 폐까지 모두 건강 상태가 양호하다고 합니다."

"그래. 참 씁쓸하군."

고함 교수가 아랫입술을 잘근거렸다.

"그래도 보호자가 이런 결정을 내린 건 잘한 일이라고 생각합니다."

"하아, 이런 걸 전화위복이라고 해야 하나? 애매하군."

"장기이식을 애타게 기다리는 환자들의 입장에선 좋은 일이니 전화위복이 틀린 말은 아닌 것 같습니다."

"맞아! 이렇게나마 원동규 순경에게 속죄하고 떠나니, 본인도 마음의 짐을 덜었을 거야. 암, 잘된 일이고말고!"

"네, 맞습니다. 원동규 환자도 이제 거의 다 회복되었고, 12명의 난치병 환자들이 새 생명을 얻었으니까요. 게다가 무엇보다 늦게 출발한 진실이 거짓을 따라잡았잖습니까?"

"그러게. 이런 걸 두고 크리스마스의 기적이라고 하나? 눈 한번 대차게 내리네."

고함 교수가 흰 눈이 펑펑 쏟아지는 창밖을 내려다보았다.

"후후후, 적절한 표현이네요. 맞습니다. 이런 걸 두고 크리스마스의 기적이라고 하나 보네요."

"김윤찬 선생, 그나저나 궁금한 게 있는데, 최상국 경장은 왜 그런 기자회견을 했을까? 그냥 본인만 입 다물고 있었으면 아무 일 없었을 텐데? 어떻게 생각이 바뀐 거야?"

"하아, 그게 말입니다……."

계진창 살인미수 사건!

회귀 전에도 일어난 이 사건을 난 생생하게 기억하고 있었다. 단지 회귀 전에는 아무런 행동도 하지 않고 방관했을 뿐.

회귀 전 이 사건은 최상국 경장의 뜻대로 그냥 묻히고 말았었다. 난 아무것도 하지 못했다. 아니, 안 했다.

하지만 심은영은 그래서 행복했을까? 최상국은 평생 죄책감에 시달리지 않았을까?

내가 조금만 더 신경을 썼더라면.

심은영을 좀 더 깊게 살펴봤더라면.

최상국 경장의 행동에 조금만 더 관심을 가졌더라면.

그리고 원동규 환자를 진심으로 대했더라면.

진실이 거짓에 묻히는 일은 없었을 것이고, 크리스마스의 기적 따위는 존재하지 않았으리라.

지금의 난, 그 모든 것을 바로잡아야 했다.

얼마 전 대한일보 사회부.

"나 기자! 당신 앞으로 퀵이 하나 왔는데?"

"퀵이요? 누가 보냈는데요?"

"그거야 나도 모르지. 익명으로 보낸 거니까."

"뭘 이런 걸 함부로 받아 와요? 퀵한테 물어보지 그랬어?"

"아이씨, 물어보려고 했는데, 그새를 못 참고 가 버렸다니깐?"

"이런 거 괜히 찜찜한데?"

나정확 기자가 퀵 박스 이곳저곳을 살펴보며 고개를 갸우뚱거렸다.

"조심해! 지난번에 나 기자 르포 쓴 것 때문에 앙심을 품고 보낸 걸지도 몰라."

나정확 기자가 쓴, 고아원 원생 학대에 관한 특집 기사를 말하는 모양이었다.

"상생고아원요?"

"그래, 그 원장 나 기자 때문에 구속됐잖아? 아마 나 기자만 생각하면 죽이고 싶을걸."

"훗, 이런 게 하루 이틀입니까? 기껏해야 죽은 쥐 몇 마리 담아서 보냈겠죠. 아니면 시뻘건 피를 묻힌 칼 정도?"

흔들흔들, 나정확 기자가 별 대수롭지 않다는 듯이 퀵 박스를 흔들어 보았다. 무게도 가볍고 그렇다고 뭔가 묵직한 것이 느껴지지도 않았다.

"별거 없는 거 같은데요?"

"에이, 그러지 마. 터질지도 몰라!"

"됐거든요. 그 정도로 배포가 큰 인간들도 아닙니다. 그나저나 뭐가 들었을까? 궁금하네요. 열어 봐야 할 것 같아요."

"에잇, 그러지 마! 사제 폭탄이라도 들어 있으면 어떡해?"

"됐거든요. 그래 봐야 죽기밖에 더 하겠어요?"

"됐어, 됐어. 나 나가면 열어 봐."

퀵을 전달해 준 한 기자가 질색을 했다.

"하여간 겁도 많기도 하지. 그러니까 드라마 좀 그만 봐요."

부욱, 나정확 기자가 받아 든 퀵 박스를 과감히 뜯어 버렸다.

"이게 뭐야?"

혹시나 뭐가 들었을까 한쪽 눈을 살며시 감고 뜯어낸 퀵 박스. 그 안에는 편지 한 통이 들어 있었다.

존경하는 나정확 기자님, 제보할 게 하나 있어 이렇게 편지를 보냅니다. 얼마 전에 일어난 계진창 사건, 확실한 목격자가 있습니다. 목격자의 이름은 심은영, 계진창의 아내입니다! 반드시 취재해 주십시오.

"뭐야, 이거? 장난치는 거네."

옆에서 편지를 힐끗거리던 한 기자가 입을 삐죽거렸다.

"그렇긴 한데, 왠지 찜찜하네요? 사실, 저도 이번 사건이 좀 마음에 걸렸거든요."

"됐네요. 언론에 오르락내리락하니까 장난질하는 거야."

"아니에요! 이거 촉이 좀 오네요. 안테나 좀 세워 봐야겠어요."

"헛발질할 텐데?"

"아뇨, 그 반대로 특종일 수도 있죠. 장난이라고 하기엔 뭔가 찜찜한 구석이 있네요. 안 그래도 냄새가 좀 났는데, 이거 제대로 한번 파 봐야 할 것 같아요. 잘하면 왕거니 하나 건져 올릴 수도 있겠는데요?"

나정확 기자가 익명의 편지를 보며 눈을 반짝거렸다.

원동규 병실.

"의사 선상, 이거 좀 먹어 봐요. 내가 만든 단팥죽이야."

난 원래 단팥죽을 죽어라 싫어했다.

이유는 간단했다.

특이하게도 팥 알레르기가 있었던 것.

그래서 회귀 전에도 할머니의 성의를 봐서 받아만 두고 싱크대에 버렸던 기억이 생생하다.

하지만 지금은 그럴 상황이 아니었다.

어떻게든 심은영과 원 순경의 할머니가 만나야 했기 때문에.

"어, 병실에선 음식을 취식할 수 없어요."

"그러면 어떻게 하지? 따스울 때 먹어야 하는데?"

"음, 그러면 휴게실로 가시죠?"

"좋아요! 그러면 되겠구먼."

"아, 네. 그러면 맛 좀 볼까요?"

그날 밤 난, 단팥죽을 먹고 두드러기가 생겨 하루 종일 고생할 수밖에 없었다.

흉부외과 병동 하늘공원.

수술 후, 조금씩 상태가 호전되어 가던 원동규 환자. 장시간은 불가능했지만, 따뜻하게 입고 잠깐 바람 정도 쐬는 건 큰 문제가 되질 않았다.

난 그런 원동규 환자와 함께 하늘공원에 올라갔다.

"따뜻할 때, 조금 마셔 봐요."

난 미리 준비한 따끈한 박하차를 원동규에게 따라 주었다.

"이게 뭔가요?"

"박하차예요. 기침, 가래에 좋은 차죠. 환자분은 기관지도 약해져서 이런 차를 조금씩 마시는 게 좋습니다."

"아, 네. 저 이 차 참 좋아합니다. 할머니가 저번에 끓여 주셨어요."

"아, 그렇군요? 드셔 보셨구나."

"네."

후릅, 원동규가 박하차를 양손으로 잡고 조심스럽게 마시기 시작했다.

"동규 씨, 왜 그랬어요?"

"네? 뭘요?"

"왜 저한테 거짓말을 했어요? 제가 보기엔 최 경장, 그 사람 정직해 보이지 않던데?"

"무슨 말씀을 하시는지 모르겠군요."

조금은 당황스러운 표정의 원동규 순경이었다.

"환자분, 단기 기억상실증 아니잖아요."

"네? 그, 그게 무슨 말이에요? 저, 아무것도 기억 못 하는데?"

워낙 순진한 사람이었기에 이미 얼굴이 붉게 물들어 있었다.

"음, 그 사건 당일은 아무것도 기억이 나지 않는다고 했죠? 그쵸?"

"네에, 맞아요."

"근데, 이 박하차는 어떻게 기억하세요?"

"네?? 그게 무슨?"

원동규의 얼굴에 당황한 기색이 스쳐 지나갔다.

"제가 알기론 사건 당일 낮에도 드셨는데? 동규 씨가 기침, 가래가 워낙 심하니까 할머니가 끓여 가지고 보온병에 담아 주셨잖아요? 그때, 박하차를 처음 드신 걸로 알고 있는데요? 아닌가요?"

"……."

원동규가 꿀 먹은 벙어리처럼 아무 말도 하지 못했다.

"거봐요. 다른 사람은 속여도 저는 못 속여요. 무슨 이유인지는 모르겠지만, 저한테 말씀해 보세요. 왜 기억상실증에 걸린 척했는지."

"그, 그게……."

원동규 순경이 여전히 망설이며 우물쭈물했다.

"괜찮아요. 그냥 왜 동규 씨가 그랬는지 이해가 되질 않아서 그래요. 만약, 그 이유가 타당하다면 저 혼자만 알고 있겠습니다."

"정말입니까?"

"그럼요. 전 최 경장처럼 거짓말하는 사람 아닙니다."

"그, 그래요. 그러면 말씀드릴 테니까, 절대로 혼자만 알고 계셔야 합니다."

원동규가 신신당부했다.

"네, 약속할게요."

"그, 그럼 말씀드릴게요."

"네, 부탁이니 숨김없이 말씀해 주세요."

"하아, 사실은……."

그렇게 해서 난, 원동규 순경과 최상국 경장의 사연을 원동규 순경의 입을 통해 들을 수 있었다.

"그런 일이 있었군요."

"네, 형은 저한테는 생명의 은인과도 같은 분이세요. 이 정도는 아무것도 아니에요. 어쨌든 저 이렇게 사지 멀쩡하잖아요."

"아니죠. 이건 엄연한 범죄입니다. 최 경장님의 상황은 충분히 이해되지만, 이렇게 해서는 안 돼요. 죄송하지만, 못 들은 걸로 할 수가 없군요."

"선생님, 잠깐만요! 말할게요. 형님한테 모든 걸 말할게요. 형님한테 기회를 주고 싶어요. 제발! 그렇게 하게 해 주세요."

"……정말 괜찮겠습니까?"

"네, 전 형님을 믿어요. 꼭 기회를 주고 싶습니다."

"그러다 최상국 경장이 동규 씨의 생각과 다르게 행동하면요?"

"그럴 리가 없지만, 만약에 그렇다면 그땐, 선생님 뜻대로 하십시오. 그러니 그 형한테 한 번만 기회를 주세요."

"……네, 알겠습니다. 혹시 모르니, 제가 문밖에서 대기하고 있겠습니다."

"네네, 고맙습니다."

며칠 전, 원동규 환자 병실.

갑자기 극심한 통증에 시달리던 원동규 환자, 강한 진통제를 투여받고 깊은 잠에 빠져 있었다.

"……."

최상국 경장이 무표정한 표정으로 원동규 환자를 물끄러미 내려다보고 있었다.

세상의 무게를 잔뜩 짊어진 흐릿한 눈동자엔 오롯이 원동규만이 들어차 있었다.

틱틱, 최상국 경장이 링거 속도 조절 레버를 돌려 떨어지는 링거양을 조절하고는 원동규 환자 무릎 근처까지 흘러내린 모포를 가슴까지 끌어 올려 주었다.

흐음, 최상국 경장이 긴 한숨을 내뱉었다.

"……동규야, 미안해."

그의 입술 사이로 흘러나온 말은 이유를 알 수 없는 사과였다. 원동규를 응시하는 그의 눈빛이 슬퍼 보였다.

"……."

원동규 환자는 약에 취했는지 그저 깊은 잠에 빠져 있었다.

"동규야, 계진창이 뇌사 판정을 받았나 봐. 그러면 이제 기소권 없음으로 수사가 마무리될 것 같아."

톡톡톡, 최상국 경장이 손수건을 꺼내 원동규 환자의 흘러내리는 땀을 닦아 내며 혼잣말로 중얼거렸다.

"……."

"하아, 내가 너한테 큰 빚을 지는구나. 동규야, 절대로 날 용서하지 마라."

"……."

"이제는 나도 그만 올 거야. 제발 건강하거라."

마지막이라는 듯 최상국 경장이 이곳저곳 원동규 환자의 손을 만지작거렸다.

"……."

"그래, 이만 가 볼게."

"형……."

그렇게 최상국 경장이 자리에서 일어날 즈음, 원동규 환자가 나지막한 소리로 불렀다.

"어? 일어났니?"

"응, 벌써 가려고?"

"어? 어. 어머니가 몸이 안 좋으신가 봐."

"어휴, 그렇구나. 빨리 좋아지셔야 할 텐데."

"이제는 그러려니 한다. 하루 이틀도 아니고."

"그렇구나. 그나저나 진태는 좀 어때요? 좀 나아졌어?"

진태는 최상국 경장의 아들이었다.

"하아, 그냥 그렇지 뭐. 집사람은 일반 학교에 보내자고 난린데, 특수학교에 보내려고 해. 아무래도 적응하는 게 쉽지 않은 것 같아."

"네에, 진태는 성격이 활발해서 잘 적응할 거예요. 너무 걱정 마세요."

"하여간 네 오지랖은 여전하구나. 딴 사람 신경 쓰지 말고 네 몸이나 신경 써. 빨리 회복해야지."

"네. 형이 이렇게 신경 써 주는데 하루라도 빨리 털고 일어나야죠."

"……그, 그래. 그러면 몸조리 잘하고. 나 갈게."

"그런데 형! 있잖아요."

그렇게 원동규 환자가 최경장의 발걸음을 멈춰 세웠다.

"왜? 무슨 할 말 있니?"

"오늘 이번 사건 마무리 짓는 거 맞죠?"

"어? 그게……. 어, 가해자가 뭐, 뇌사 판정을 받았으니, 더 수사할 게 없잖아. 내가 알기론 오늘 수사 종결할 것 같아. 왜 그……러는데?"

최상국 경장이 불안한 눈빛으로 물었다.

"그쵸? 다행이네."

원동규 환자가 입가에 희미한 미소를 띠었다.

"어? 그게 무슨 말이야?"

"형! 저한테 미안해할 것 없어요. 그냥, 난 괜찮으니까 맘 편히 가져요."

"어? 그, 그게 무슨 말이야?"

원동규 환자의 말에 최상국의 목소리가 미세하게 떨렸다.

"괜찮아요. 저 이렇게 멀쩡하게 살았고, 그 상황이었으면 저라도 그렇게 했을 거예요. 나, 괜찮아."

"지, 지금 무슨 말을 하는 거……니?"

최상국 경장의 눈동자가 마구 흔들리기 시작했다.

"흐음, 나, 기억 잃은 거 아니에요."

"뭐, 뭐라고??"

휘청, 원동규 환자의 말에 최 경장의 몸이 휘청거렸다.

"그냥 기억 잃은 척했어요. 형이 곤란할까 봐."

"도, 동규야!"

"괜찮대두. 어차피 나, 형 아니었으면 경찰도 못 됐어요. 그냥, 이런저런 잡일이나 하면서 무의미하게 살았을 거예요. 그러니까 형도 괴로워하지 마요. 나, 형 하나도 원망 안 해요."

"……."

침통한 표정의 최상국 경장이 말을 잇지 못했다.

"난, 그냥 빚 갚은 거라고 생각해. 형, 그거 기억나요? 나, 몇 달간 알바로 돈 모아서 노량진에 학원 등록하러 간 날?"

"……."

흑흑흑, 금세 최상국 경장의 눈이 붉어지더니 닭똥 같은 눈물을 흘리기 시작했다.

"그때 나 소매치기당했잖아요. 그때 형이 그놈 잡겠다고 만사 제쳐 놓고 사방팔방 돌아다녔잖아요. 형 배 밑에 상처도 그때 난 거고요."

원동규가 최상국의 배 쪽을 가리켰다.

"흑흑흑, 동규야, 미안해."

"정말 괜찮다니깐. 그때 형이 그 소매치기 놈 잡아서 돈 찾아왔다고 내 손에 쥐여 줬잖아……. 나, 그놈 못 잡은 거 다 알고 있었어요. 그런 뜨내기를 무슨 수로 잡아?"

원동규 환자가 입을 삐죽거렸다.

"흑흑흑."

"그때 내가 형한테 얼마나 고마웠는지 알아요? 나, 그날 결심했어요. 형이라면 내 목숨도 걸 수 있다고! 그런데 내가 이 정도를 이해 못 하겠어요? 이렇게 덤으로 목숨까지 건졌는데?"

"흑흑흑, 도, 동규야!"

최상국 경장이 연신 뜨거운 눈물을 흘렸다.

"그러니까 괜찮다고요. 절대 죄책감 가질 필요 없어요. 그래서 오늘 수사 종결된 건지 확인한 거야. 혹시나 형이 허튼 짓할까 봐."

톡톡톡, 원동규 환자가 어깨를 들썩이며 흐느끼는 최상국 경장의 어깨를 두드려 주었다.

"미안해! 정말 미안해, 동규야!!"

마침내 최상국 경장이 목 놓아 울음을 터뜨리고 말았다.

"괜찮아! 괜찮대두? 눈물이 이렇게 많아서 무슨 경찰을 하겠어? 하여간 마음이 이렇게 여려서 어떡해, 뚝!"

원동규 환자가 환하게 웃으며 최상국 경장의 눈물을 닦아 주었다.

흑흑흑.

최상국 경장이 원동규 환자의 품에 안겨 끊임없이 흐느꼈다.

마침내 크리스마스의 기적이 마무리되는 순간이었다.

문밖에 서 있던 난 조용히 발길을 돌렸다.

다음 권으로 이어집니다